U0600387

人生滋味

冯骥才——著

All Kinds of Things in Daily

北京联合出版公司
Beijing United Publishing Co.,Ltd.

目录

第一章

生活有心

第二章

万物有灵

第三章

四季有美

第四章

人生有思

第五章

此间有雅

第六章

山川有感

第七章

文化有情

寻常日子寻常过，

万般滋味皆生活。

第一章

生活有心

生活，你真迷人……哪怕是久已过去的，也叫人割舍不得；哪怕是不幸的，也渐渐能化为深沉的诗。

挑山工[①]

——泰山旧日见闻之二

<一>

你见过泰山的挑山工吗？这是种很奇特的人！

不知别处对这种运货上山的民夫怎样称呼，这儿习惯叫作挑山工。单从“挑山”二字，就可以体会出这种工作非凡的艰辛。肩挑着百十斤的重物，从山下直挑到烟云缭绕、鸟儿都难飞得上去的山顶，谁敢一试？更何况，这被誉为“五岳之首”的泰山，自有其巍巍而不可征服的威势。从山根直至极顶处，一条道儿，全是高高的石头台阶，简直就是一架直上直下的万丈天梯。在通向南天门的十八盘道上，那些游山来的健壮的男儿，也不免气喘吁吁；一般人更是精疲力竭，抓着道旁的铁栏，把身子一点点往上移，每爬上十来磴台阶，就要停下来歇一歇。只有这时，你碰到一个挑山工——他给重重的挑儿压塌了腰，汗水湿透衣衫，两条腿上的肌条筋缕都清晰地凸现在外，默不作声，一步一步，吃力又坚韧地走过你身旁，登了上去。你那才算是约略知道“挑山”二字的滋味……

① 本文入选人教版九年义务教育六年制小学教科书（语文第九册）等教材。

挑山工，大概自古就有。山头那些千年古刹所用的一切建筑材料，都是从山下运上来的。你瞧着这些构造宏伟的古建筑上巨大的梁柱础石、沉重的铜砖铁瓦，再低头俯望一条灰白的山路，如同一根细绳，蜿蜒曲折，没入茫茫的谷底。你就会联想到，当年为了建造这些庙宇寺观，为了这壮观的美，挑山工们付出了怎样艰巨和惊人的劳动！

我少时来游泰山，山顶上还有三四十户人家，家中的男人大多是挑山工，给山上的国营招待所运送食品货物以为生计。清早，他们拿了扁担绳索，带着晨风晓露下山去，后晌随着一片暮云夕阳，把货物挑上山来。星光烁烁时，家家都开夜店，留宿在山头住一夜而打算转天早起观瞻日出的游人，收费却比国营招待所低廉。他们的屋子是石头垒的。山上风大，小屋都横竖卧在山道两旁的凹处，屋顶与道面一般平。屋里边简陋得几乎什么也没有，用来招待客人的，只有一条脏被和热开水。为了招待主顾，各家门首还挂着一个小幌牌，写着店名。有的叫“棒槌店”，就在木牌两边挂一对小木棒槌；有的叫“勺儿店”，便挂一对乌黑的小生铁勺儿。下边拴些红布穗子，随风摇摆，叮当轻响。不过，你在这店里睡不好觉。劳累了一天的挑山工和客人们睡在一张炕上。他们要整整打上一夜松涛般呼呼作响的鼾声……

在这些小石屋中间，摆着一件非常稀罕的东西。远看一人多高，颜色发黑，又圆又粗，两个人才能合抱过来。上边缀满繁密而细碎的光点，熠熠闪烁，好像一块巨型的金星石。近处一看，原来是一口特大的水缸，缸身满是裂缝，那些光点竟是数不清的联合破缝的锔子，估计总有一两千个，颇令人诧异。我问过山民，才知道，山顶没有泉眼，缺水吃，山民们用这口缸储存雨水。为什么打了这么多锔子呢？据说，三百多年前，山上住着一百多户人家。每天人们要到半山间去取水，很辛苦。一年，从这些人家中，长足了八个膀大腰圆、力气十足的小伙子。大家合计一下，在山下的泰安城里买了这口大缸。由这八个小伙子出力，整整用了七七四十九天，才把大缸抬到山顶。以后，山上人家愈来愈少，再也不能凑齐那样八个健儿抬一口新缸来。每次缸裂了，便到山下请上来一位锔缸的工匠，锔上裂缝。天长日久，就成了这样子。

听了这故事，你就不会再抱怨山顶饭菜价钱的昂贵。山上烧饭用的煤，也是一块块挑上来的呀！

<二>

在泰山上，随处都可以碰到挑山工。他们肩上架一根光溜溜的扁担，两端翘起处，垂下几根绳子，拴挂着沉甸甸的物品。登山时，他们的一条胳膊搭在扁担上，另一条胳膊垂着，伴随登踏的步子有节奏地一甩一甩，以保持身体平衡。他们的路线是折尺形的——先从台阶的一端起步，斜行向上，登上七八级台阶，就到了台阶的另一端；便转过身子，反方向斜行，到一端再转回来，一曲一折向上登。每次转身，扁担都要换一次肩，这样才能使垂挂在扁担前头的东西不碰在台阶的边沿上，也为了省力。担了重物，照一般登山那样直上直下，膝头是受不住的。但路线曲折，就使路程加长。挑山工登一次山，大约多于游人们路程的一倍！

你来游山，一路上观赏着山道两旁的奇峰异石、巉岩绝壁、参天古木、飞烟流泉，心情喜悦，步子兴冲冲。可是当你走过这些肩挑重物的挑山工的身旁时，你会禁不住用一种同情的目光，注视他们一眼。你会因为自己身无负载而备觉轻松，反过来，又为他们感到吃力和劳苦，心中生出一种负疚似的情感……而他们呢？默默的，不动声色，也不同游人搭话——除非向你问问时间——一步步慢吞吞地走自己的路。任你怎样嬉叫闹喊，也不会惊动他们。他们却总用一种缓慢又平均的速度向上登，很少停歇。脚底板在石阶上发出坚实有力的嚓嚓声。在他们走过之处，常常会留下零零落落的汗水的滴痕……

奇怪的是，挑山工的速度并不比你慢。你从他们身边轻快地超越过去，自觉把他们甩在后边很远。可是，你在什么地方饱览四外雄美的山色，或在道边诵读与抄录凿刻在石壁上的爬满青苔的古人的题句，或在喧闹的溪流前洗脸濯足，他们就会在你身旁慢吞吞、不声不响地走过去，悄悄地超过了你。等你发现他走在你的前头时，会吃一惊，茫然不解，以为他们是像仙人那样腾云驾雾赶上来的。

有一次，我同几个画友去泰山写生，就遇到过这种情况。我们在山下的斗姥宫前买登山用的青竹杖时，遇到一个挑山工。矮个子，脸儿黑生生，眉毛很浓，四十来岁；敞开的白土布褂子中间露出鲜红的背心。他扁担一头拴着几张黄木凳子，另一头捆着五六个青皮西瓜。我们很快就越过他去。可是到了回马岭那条陡直的山道前，我们累了，舒开身子，躺在一块平平的被山风吹得干干净净的大石头上歇歇脚，这当儿，竟发现那挑山工就坐在对面的草茵上抽着烟。随后，我们差不多同时起程，很快就把他甩在身后，直到看不见。但当我爬上半山的五松亭时，却见他正在那株姿态奇特的古松下整理他的挑儿。褂子脱掉，现出黑黝黝、健美的肌肉和红背心。我颇感惊异。走过去假装问道，让支烟，跟着便没话找话，和他攀谈起来。这山民倒不拘束，挺爱说话。他告诉我，他家住在山脚下，天天挑货上山。一年四季，一天一个来回。他干了近二十年。然后他说："您看俺个子小吗？干挑山工的，长年给扁担压得长不高，都是矮粗。像您这样的高个儿干不了这种活儿。走起来，晃晃悠悠哪！"

他逗趣似的一抬浓眉，咧开嘴笑了，露出皓白的牙齿。山民们喝泉水，牙齿都很白。

这么一来，谈话更随便些，我便把心中那个不解之谜说出来："我看你们走得很慢，怎么反而常常跑到我们前边来了呢？你们有什么近道儿吗？"

他听了，黑生生的脸上显出一丝得意之色。他吸一口烟，吐出来，好像做了一点思考，才说："俺们哪里有近道，还不和你们是一条道？你们是走得快，可你们在路上东看西看，玩玩闹闹，总停下来呗！俺们跟你们不一样。不能像你们在路上那么随便，高兴怎么就怎么。一步踩不实不行，停停住住更不行。那样，两天也到不了山顶。就得一个劲儿总往前走。别看俺们慢，走长了就跑到你们前边去了。瞧，是不是这个理儿？"

我笑吟吟，心悦诚服地点着头。我感到这山民的几句话里，似乎包蕴着一种意味深长的哲理，一种切实而朴素的思想。我来不及细细嚼味，作些引申，他就担起挑儿起程了。在前边的山道上，在我流连山色之时，他还是悄悄超过了我，提前到达山顶。我在极顶的小卖部门前碰见他，他正在那里交货。我们的目光相遇时，他略表相识地点头一笑，好像对我说："瞧，俺可又跑到你的前头来了！"

我自泰山返回家后，就画了一幅画——在陡直而似乎没有尽头的山道上，一个穿红背心的挑山工给肩头的重物压弯了腰，却一步步、不声不响、坚韧地向上登攀。多年来，这幅画一直挂在我的书桌前，不肯换掉，因为我需要它……

快手刘

人人在童年，都是时间的富翁。胡乱挥霍也使不尽。有时待在家里闷得慌，或者父亲嫌我太闹，打发我出去玩玩儿，我就不免要到离家很近的那个街口，去看快手刘变戏法。

快手刘是个撂地摆摊卖糖的胖大汉子。他有个随身背着的漆成绿色的小木箱，在哪儿摆摊就把木箱放在哪儿。箱上架一条满是洞眼的横木板，洞眼插着一排排廉价而赤黄的棒糖。他变戏法是为吸引孩子们来买糖。戏法十分简单，俗称“小碗扣球”。一块绢子似的黄布铺在地上，两个白瓷小茶碗，四个滴溜溜的大红玻璃球儿，就这再普通不过的三样道具，却叫他变得神出鬼没。他两只手各拿一个茶碗，你明明看见每个碗下边扣着两个红球儿，你连眼皮都没眨动一下，嘿！四个球儿竟然全都跑到一个茶碗下边去了，难道这球儿是从地下钻过去的？他就这样把两只碗翻来翻去，一边叫天喊地，东指一下手，西吹一口气，好像真有什么看不见的神灵做他的助手，四个小球儿忽来忽去，根本猜不到它们在哪里。这种戏法比舞台上的魔术难变，舞台只一边对着观众；街头上的土戏法，前后左右围着一圈人，人们的视线从四面八方射来，容易看出破绽。有一次，我亲眼瞧见他手指飞快地一动，把一个球儿塞在碗下边扣住，便禁不住大叫：“在右边那个碗底下哪，我看见了！”

“你看见了？”快手刘明亮的大眼珠子朝我惊奇地一闪，跟着换了一种正经的神气对我说，“不会吧！你可得说准了。猜错就得买我的糖。”

“行！我说准了！”我亲眼所见，所以一口咬定。自信使我的声音非常响亮。

谁知快手刘哈哈一笑，突然把右边的茶碗翻过来。

“瞧吧，在哪儿呢？”

咦，碗下边怎么什么也没有呢？只有碗口压在黄布上一道圆圆的印子。难道球儿穿过黄布钻进左边那个碗下边去了？快手刘好像知道我怎么猜想，伸手又把左边的茶碗掀开，同样什么也没有！球儿都飞了？只见他将两只空碗对口合在一起，举在头顶上，口呼一声：“来！”双手一摇茶碗，里面竟然哗哗响，打开碗一看，四个球儿居然又都出现在碗里边。怪，怪，怪！

四边围看的人发出一阵惊讶不已的唏嘘之声。

“怎么样？你输了吧？不过在我这儿输了绝不罚钱，买块糖吃就行了。这糖是纯糖稀熬的，单吃糖也不吃亏。”

我臊得脸皮发烫，在众人的笑声里买了块棒糖，站在人圈后边去。从此我只站在后边看了，再不敢挤到前边去多嘴多舌。他的戏法，在我眼里真是无比神奇了。这也是我童年真正钦佩的一个人。

他那时不过四十多岁吧，正当年壮，精饱神足，肉重肌沉，皓齿红唇，乌黑的眉毛像用毛笔画上去的。他蹲在那里活像一只站着的大白象。一边变戏法，一边卖糖，发亮而外凸的眸子四处流盼，照应八方；满口不住说着逗人的笑话。一双胖胖的手，指肚滚圆，却转动灵活，那四个小球就在这双手里忽隐忽现。我当时有种奇想，他的手好像是双层的，小球时时藏在夹层里。唉唉，孩提时代的念头，现在不会再有了。

这双异常敏捷的手，大概就是他绰号“快手刘”的来历。他也这样称呼自己，以致在我们居住那一带无人不知他的大名。我童年的许多时光，就是在这最最简单又百看不厌的土戏法里，在这一直也不曾解开的迷阵中，在他这双神奇莫测、令人痴想不已的快手之间消磨的。他给了我多少好奇的快乐呢？

那些伴随着童年的种种人和事，总要随着童年的消逝而远去。我上中学以后就不常见到快手刘了。只是路过那路口时，偶尔碰见他。他依旧那样兴冲冲地变“小碗扣球”，身旁摆着插满棒糖的小绿木箱。此时我已经是懂事的大孩子了，不再会把他的手想象成双层的，却依然看不出半点破绽，身不由己地站在那里，饶有兴致地看了一阵子。我敢说，世界上再好的剧目，哪怕是易卜生和莎士比亚，也不能让我像这样成百上千次看个不够。

我上高中是在外地。人一走，留在家乡的童年和少年就像合上的书。往昔美好的故事，亲切的人物，甜醉的情景，就像鲜活的花瓣夹在书页里，再翻开都变成了干枯的回忆。谁能使过去的一切复活？那去世的外婆、不知去向的挚友，妈妈乌黑的鬈发，久已遗失的那些美丽的书，那跑丢了的绿眼睛的小白猫……还有快手刘。

高中二年级的暑期，我回家度假。一天在离家不远的街口看见十多个孩子围着什么又喊又叫。走近一看，心中怦然一动，竟是快手刘！他依旧卖糖和变戏法，但人已经大变样子。十年不见，他好像度过了二十年。模样接近了老汉。单是身旁摆着的那只木箱，就带些凄然的样子。它破损不堪，黑乎乎，黏腻腻，看不出一点先前那悦目的绿色。横板上插糖的洞孔，多年来给棒糖的竹棍捅大了，插在上边的棒糖东倒西歪。再看他，那肩上、背上、肚子上、臂上的肉都到哪儿去了呢？饱满的曲线没了，衣服下处处凸出尖尖的骨形来；脸盘仿佛小了一圈，眸子无光，更没有当初左顾右盼、流光四射的精神。这双手尤其使我动心——他分明换了一双手！手背上青筋缕缕，污黑的指头上绕着一圈圈皱纹，好像吐尽了丝而皱缩下去的老蚕……于是，当年一切神秘的气氛和绝世的本领都从这双手上消失了。他抓着两只碗口已经碰得破破烂烂的茶碗，笨拙地翻来翻去，那四个小球儿，一会儿没头没脑地撞在碗边上，一会儿从手里掉下来。他的手不灵了！孩子们叫起来：“球在那儿呢！”“在手里哪！”“指头中间夹着哪！”在这喊声里，他一慌张，手就愈不灵，抖抖索索搞得他自己也不知道球儿都在哪里了。无怪乎四周的看客只是寥寥一些孩子。

“在他手心里，没错！绝没在碗底下！”有个光脑袋的胖小子叫道。

我也清楚地看到，在快手刘扣过茶碗的时候，把地上的球儿取在手中。这动作缓慢迟钝，失误就十分明显。孩子们吵着闹着叫快手刘张开手，快手刘的手却攥得紧紧的，朝孩子们尴尬地掬出笑容。这一笑，满脸皱纹都挤在一起，好像一个皱纸团。他几乎用请求的口气说：“是在碗里呢！我手里边什么也没有……”

当年神气十足的快手刘哪会用这种口气说话？这些稚气又认真的孩子们偏偏不依不饶，非叫快手刘张开手不可。他哪能张手，手一张开，一切都完了。我真不愿意看见快手刘这一副狼狈的、惶惑的、无措的窘态。多么希望他像当年那次——由于我自作聪明，揭他老底，迫使他亮出一个捉摸不透的绝招。小球突然不翼而飞，呼之即来。如果他再使一下那个绝招，叫这些不知轻重的孩子们领略一下名副其实的快手刘而瞠目结舌多好！但他老了，不再会有那花好月圆的岁月年华了。

我走进孩子们中间，手一指快手刘身旁的木箱说：“你们都说错了，球儿在这箱子上呢！”

孩子们给我这突如其来的话弄得莫名其妙，都瞅那木箱，就在这时，我眼角瞥见快手刘用一种尽可能快的速度把手里的小球塞到碗下边。

“球在哪儿呢？”孩子们问我。

快手刘笑呵呵翻开地上的茶碗说：“瞧，就在这儿哪！怎么样？你们说错了吧？买块糖吧，这糖是纯糖熬的，单吃糖也不吃亏。”

孩子们给骗住了，再不喊闹。一两个孩子掏钱买糖，其余的一哄而散。随后只剩下我和从窘境中脱出身来的快手刘，我一扭头，他正瞧我。他肯定不认识我。他皱着花白的眉毛，饱经风霜的脸和灰蒙蒙的眸子里充满疑问，显然他不明白，我这个陌生的青年何以要帮他一下。

猫婆

我那小阁楼的后墙外，居高临下是一条又长又深的胡同，我称它为猫胡同。每日夜半，这里是猫儿们无法无天的世界。它们戏耍、求偶、追逐、打架，叫得厉害时有如小孩扯着嗓子号哭。吵得人无法入睡时，便常有人推开窗大吼一声“去——”，或者扔块石头瓦片轰赶它们。我在忍无可忍时也这样怒气冲冲干过不少次。每每把它们赶跑，静不多时，它们又换个什么地方接着闹，通宵不绝。为了逃避这群讨厌的家伙，我真想换房子搬家。奇怪，哪来这么多猫，为什么偏偏都跑到这胡同里来聚会闹事?

一天，我到一位朋友家去串门，聊天，他养猫，而且视猫如命。

我说：“我挺讨厌猫的。”

他一怔，扭身从墙角纸箱里掏出个白色的东西放在我手上。呀，一只毛线球大小雪白的小猫！大概它有点怕，缩成个团儿，小耳朵紧紧贴在脑袋上，一双纯蓝色亮亮的圆眼睛柔和又胆怯地望着我。我情不自禁赶快把它捧在怀里，拿下巴爱抚地蹭它毛茸茸的小脸，竟然对这朋友说：“太可爱了，把它送给我吧！”

我这朋友笑了，笑得挺得意，仿佛他用一种爱战胜了我不该有的一种怨恨。他家大猫这次一窝生了一对小猫——一只一双金黄眼儿，一只一双天蓝色眼儿。尽管他不舍得送人，对我却例外地割爱了，似乎为了要在我身上培养出一种与他同样的爱心来。真正的爱总希望大家共享，尤其对我这个厌猫者。

小猫一入我家，便成了我全家人的情感中心。起初它小，趴在我手掌上打盹睡觉，我儿子拿手绢当被子盖在它身上，我妻子拿眼药瓶吸牛奶喂它。它呢，喜欢像婴儿那样仰面躺着吃奶，吃得高兴时便用四只小毛腿抱着你的手，伸出柔软的、细砂纸似的小红舌头亲昵地舔你的手指尖……这样，它长大了，成为我家中的一员，并有着为所欲为的权利——睡觉可以钻进任何人的被窝儿，吃饭可以跳到桌上，蹲在桌角，想吃什么就朝什么叫，哪怕最美味的一块鱼肚或鹅肝，我们都会毫不犹豫地让给它。嘿，它夺去我儿子受宠的位置，我儿子却毫不妒忌它，反给它起了顶漂亮、顶漂亮的名字，叫蓝眼睛。这名字起得真好！每当蓝眼睛闯祸——砸了杯子或摔了花瓶，我发火了，要打它，但只要一瞅它那纯净光澈、惊慌失措的蓝眼睛，心中的火气顿时全消，反而会把它拥在怀里，用手捂着它那双因惊恐瞪大的蓝眼睛，不叫它看，怕它被自己的冒失吓着……

我也是视猫如命了。

入秋，天一黑，不断有些大野猫出现在我家的房顶上，大概都是从后面猫胡同爬上来的吧。它们个个很丑，神头鬼脸向屋里张望。它们一来，蓝眼睛立即冲出去，从晾台蹿上屋顶，和它们对吼、厮打，互相穷追不舍。我担心蓝眼睛被这些大野猫咬死，关紧通向晾台的门，蓝眼睛便发疯似的抓门，还哀哀地向我乞求。后来我知道蓝眼睛是小母猫，它在发狂地爱，我便打开门不再阻拦。它天天夜出晨归，归来时，浑身滚满尘土，两眼却分外兴奋明亮，像蓝宝石。就这样，它在很冷的一天夜里出去了，没再回来，我妻子站在晾台上拿根竹筷子“当当”敲着它的小饭盆，叫它，一连三天，期待落空。意想不到的灾难降临——蓝眼睛丢了！

情感的中心突然失去，家中每个人全空了。

我不忍看妻子和儿子噙泪的红眼圈，便房前房后去找。黑猫、白猫、黄猫、花猫、大猫、小猫，各种模样的猫从我眼前跑过，唯独没有蓝眼睛……懊丧中，一个孩子告诉我，猫胡同顶里边一座楼的后门里，住着一个老婆子，养了一二十只猫，人称猫婆，蓝眼睛多半是叫她的猫勾去的。这话点亮了我的希望。

当夜，我钻进猫胡同，在没有灯光的黑暗里寻到猫婆家的门，正想察看情形，忽听墙头有动静，抬头吓一跳，几只硕大的猫影黑黑地蹲在墙上。我轻声一唤“蓝眼睛”，猫影全都微动，眼睛处灯光似的一闪一闪，并不怕人。我细看，没有蓝眼睛，就守在墙根下等候。不时一只走开，跳进院里；不时又从院里爬上一只来，一直没等到蓝眼睛。但这院里似乎是个大猫洞，我那可怜的宝贝多半就在里边猫婆的魔掌之中了。我冒冒失失地拍门，非要进去看个究竟不可。

门打开，一个高高的老婆子出现——这就是猫婆了。里边亮灯，她背光，看不清面孔，只是一条墨黑墨黑神秘的身影。

我说我找猫，她非但没拦我，反倒立刻请我进屋去。我随她穿过小院，又低头穿过一道小门，是间阴冷的地下室。一股浓重噎人的猫味马上扑鼻而来。屋顶很低，正中吊下一个很脏的小灯泡，把屋内照得昏黄。一个柜子，一座生铁炉子，一张大床，地上几只放猫食的破瓷碗，再没别的，连一把椅子也没有。

猫婆上床盘腿而坐，她叫我也坐在床上。我忽见一团灰涂涂的棉被上，东一只西一只横躺竖卧着几只猫。我扫一眼这些猫，还是没有蓝眼睛。猫婆问我："你丢那猫什么样儿？"我描述一遍，她立即叫道："那大白波斯猫吧？长毛，大尾巴，蓝眼睛？见过见过，常从房上下来找我们玩儿，还在我们这儿吃过东西呢，多疼人的宝贝！丢几天了？"我盯住她那略显浮肿、苍白无光的老脸看，只有焦急，却无半点装假的神气。我说："五六天了。"她的脸顿时阴沉下来，停了片刻才说："您甭找了，回不来了！"我很疑心这话是为了骗我，目光搜寻可能藏匿蓝眼睛的地方。这时，猫婆的手忽向上一指，呀，迎面横着的铁烟囱上，竟然还趴着好一大长排各种各样的猫！有的眼睛看我，有的闭眼睡觉，它们是在借着烟囱的热气取暖。

猫婆说："您瞧瞧吧，这都是叫人打残的猫！从高楼上摔坏的猫！我把它们拾回来养活的。您瞧那只小黄猫，那天在胡同口叫孩子们按着批斗，还要烧死它，我急了，一把从孩子们手里抢出来的！您想想，您那宝贝丢了这么多天，哪还有好？现在乡下常来一伙人，下笼子逮猫吃，造孽呀！他们在笼里放了鸟儿，把猫引进去，笼门就关上……前几天我的一只三花猫就没了。我的猫个个喂得饱饱的，不用鸟儿绝对引不走，那些狼心狗肺的家伙，吃猫肉，叫他们吃！吃得烂嘴、烂舌头、浑身烂、长疮、烂死！”

她说得脸抖，手也抖，点烟时，烟卷抖落在地。烟囱上那小黄猫，瘦瘦的，尖脸，很灵，立刻跳下来，叼起烟，仰起嘴，递给她。猫婆笑脸开花，咧着嘴不住地说：“瞧，您瞧，这小东西多懂事！”像在夸赞她的一个小孙子。

我还有什么理由疑惑她？面对这天下受难猫儿们的救护神，告别出来时，不觉带着一点惭愧和狼狈的感觉。

蓝眼睛的丢失虽使我伤心很久，但从此不知不觉我竟开始关切所有猫儿的命运。猫胡同再吵再闹也不再打扰我的睡眠，似乎有一只猫叫，就说明有一只猫活着，反而令我心安。猫叫成了我的安眠曲……

转过一年，到了猫儿们求偶的时节，猫胡同却忽然安静下来。

我妻子无意间从邻居那里听到一个不幸的消息：猫婆死了。同时——在她死后——才知道关于她在世时的一点点经历。

据说，猫婆本是先前一个开米铺老板的小婆，被老板的大婆赶出家门，住在猫胡同那座楼第一层的两间房子里。后又被当作资本家老婆，轰到地下室。她无亲无故，孑然一身，拾纸为生，以猫为伴，但她所养的猫没有一个良种好猫，都是拾来的弃猫、病猫和残猫。她天天从水产店捡些臭鱼烂虾煮了，放在院里喂猫，也就招引一些无家可归的野猫来填肚充饥，有的干脆在她家落脚。她有猫必留，谁也不知道她家到底有多少只猫。

“文革”前，曾有人为她找个伴儿，是个卖肉的老汉。结婚不过两个月，老汉忍受不了这些猫闹、猫叫、猫味儿，就搬出去住了。人们劝她扔掉这些猫，接回老汉，她执意不肯，坚持与这些猫共享着无人能解的快乐。

前两个月，猫婆急病猝死，老汉搬回来，第一件事便是把这些猫统统轰走。被赶跑的猫儿依恋故人故土，每每回来，必遭老汉一顿死打，这就是猫胡同忽然不明不白静下来的根由了。

这消息使我的心一揪。那些猫，那些在猫婆床上、被上、烟囱上的猫，那些残的、病的、瞎的猫儿们呢？那只尖脸的、瘦瘦的、为猫婆叼烟卷的小黄猫呢？如今漂泊街头、饿死他乡，被孩子弄死，还是叫人用笼子捉去吃掉了？一种伤感与担虑从我心里漫无边际地散开，散出去，随后留下的是一片沉重的空茫。这夜，我推开后窗向猫胡同望下去，只见月光下，猫婆家四周的房顶墙头趴着一只只猫影，大约有七八只，黑黑的，全都默不作声。这都是猫婆那些生死相依的伙伴，它们等待着什么呀？

从这天起，我常常把吃剩下的一些东西——一块馒头、一个鱼头或一片饼扔进猫胡同里去，这是我仅能做到的了。但这年里，我也不断听到一些猫这样或那样死去的消息，即使街上一只猫被轧死，我都认定必是那些从猫婆家里被驱赶出来的流浪儿。入冬后，我听到一个令人战栗的故事——

我家对面一座破楼修理瓦顶。白天里瓦工们换瓦时活没干完，留下个洞，一只猫为了御寒，钻了进去；第二天瓦工们盖上瓦走了，这只猫无法出来，急得在里边叫。住在这楼顶层的五六户人家都听到猫叫，还有在顶棚上跑来跑去的声音，但谁家也不肯将自家的顶棚捅坏，放它出来。这猫叫了三整天，开头声音很大，很惨，瘆人，但一天比一天微弱下来，直至消失!

听到这故事，我彻夜难眠。

更深夜半，天降大雪，猫胡同里一片死寂，这寂静化为一股寒气透进我的肌骨。忽然，后墙下传来一声猫叫，在大雪涂白了的胡同深处，猫婆故居那墙头上，孤零零趴着一个猫影，在凛冽中蜷缩一团，时不时哀叫一声，甚是凄婉。我心一动，是那尖脸小黄猫吗？忙叫声：“咪咪！”想下楼去把它抱上来，谁知一声唤，将它惊动，起身慌张跑掉。

猫胡同里便空无一物，只剩下一片夜的漆黑和雪的惨白，还有奇冷的风在这又长又深的空间里呼啸。

歪儿

那个暑假，天刚擦黑，晚饭吃了一半，我的心就飞出去了。因为我又听到歪儿那尖细的召唤声："来玩踢罐电报呀——"

"踢罐电报"是那时男孩子们最喜欢的游戏。它不单需要快速、机敏，还带着挺刺激的冒险滋味。它的玩法又简单易学，谁都可以参加。先是在街中央用白粉粗粗画一个圈儿，将一个空洋铁罐儿摆在圈里，然后大家聚拢一起"手心手背"分批淘汰，最后剩下一个人坐庄。坐庄可不易，他必须极快地把伙伴们踢得远远的罐儿拾回来，放到原处，再去捉住一个乘机躲藏的孩子顶替他，才能下庄；可是就在他四处去捉住那些藏身的孩子时，冷不防从什么地方会蹿出一人，"叭"地将罐儿叮里当啷踢得老远，倒霉，又得重新开始……一边要捉人，一边还得防备罐儿再次被踢跑，这真是个苦差事，然而最苦的还要算是歪儿!

歪儿站在街中央，寻着空铁罐左盼右盼，活像一个蒸熟了的小红薯。他细小，软绵绵，歪歪扭扭；眼睛总像睁不开，薄薄的嘴唇有点斜，更奇怪的是他的耳朵，明显的一大一小，像是父子俩。他母亲是苏州人，四十岁才生下这个有点畸形的儿子，取名叫"弯儿”。我们天天都能听到她用苏州腔呼唤儿子的声音，却把“弯儿”错听成“歪儿”。也许这“歪儿”更像他的模样。由于他身子歪，跑起来就打斜，玩踢罐电报便十分吃亏。可是他太热爱这种游戏了，他宁愿坐庄，宁愿徒自奔跑，宁愿一直累得跌跌撞撞……大家玩的罐儿还是他家的呢！

只有他家才有这装芦笋的长长的铁罐，立在地上很得踢，如果要没有这宝贝罐儿，说不定大家嫌他累赘，不带他玩了呢！

我家刚搬到这条街上来，我就加入了踢罐电报的行列，很快成了佼佼者。这游戏简直是就为我发明的——我的个子比同龄的孩子高一头，腿也几乎长一截，跑起来真像骑摩托送电报的邮差那样风驰电掣，谁也甭想逃脱我的追逐。尤其我踢罐儿那一脚，“叭”的一声过后，只能在远处朦胧的暮色里去听它叮里当啷的声音了，要找到它可费点劲呢！这时，最让大家兴奋的是瞅着歪儿去追罐儿那样子，他一忽儿斜向左，一忽儿斜向右，像个脱了轨而瞎撞的破车，逗得大家捂着肚子笑。当歪儿正要发现一个藏身的孩子时，我又会闪电般冒出来，一脚把罐儿踢到视线之外，可笑的场面便再次出现……就这样，我成了当然的英雄，得意非凡；歪儿怕我，见到我总是一脸懊丧。天天黄昏，这条小街上充满着我的迅猛威风和歪儿的疲于奔命。终于有一天，歪儿一屁股坐在白粉圈里，怏怏无奈地痛哭不止……他妈妈跑出来，操着纯粹的苏州腔朝他叫着骂着，扯他胳膊回家。这愤怒的声音里似乎含着对我们的遣责。我们都感觉自已做了什么不好的事，默默站了一会儿才散。

歪儿不来玩踢罐电报了。他不来，罐儿自然也变了，我从家里拿来一种装草莓酱的小铁罐，短粗，又轻，不但踢不远，有时还踢不上，游戏的快乐便减色许多。那么失去快乐的歪儿呢？我望着他家二楼那扇黑黑的玻璃窗，心想他正在窗后边眼巴巴瞧着我们玩吧？这时忽见窗子一点点开启，跟着一个东西扔下来。这东西掉在地上的声音那么熟悉、那么悦耳、那么刺激，原来正是歪儿那长长的罐儿。我的心头一次感到被一种内疚深深地刺痛了。我迫不及待地朝他招手，叫他来玩儿。

歪儿回到了我们中间。

一切都奇妙又美好地发生了变化。大家并没有商定什么，却不约而同，齐心合力地等待着这位小伙伴了。大家尽力不叫他坐庄；有时他“手心手背”输了，也很快有人情愿被他捉住，好顶替他。大家相互配合，心领神会，作假成真。一次，我看见歪儿躲在一棵大槐树后边正要被发现，便飞身上去，一脚把罐儿踢得好远好远，解救了歪儿，又过去拉着他，急忙藏进一家院内的杂物堆里。我俩蜷缩在一张破桌案下边，紧紧挤在一起，屏住呼吸，却互相能感到对方的胸脯急促起伏，这紧张充满异常的快乐呵！我忽然见他那双眯缝的小眼睛竟然睁得很大，目光兴奋、亲热、满足，并像晨星一样光亮！原来他有这样一双又美又动人的眼睛。是不是每个人都有这样一双眼睛，就看我们能不能把它们点亮。

母亲百岁记

留在昔时中国人记忆里的，总有一个挂在脖子上小小而好看的长命锁。那是长辈请人用纯银打制的，锁下边坠着一些精巧的小铃，锁上边刻着四个字：长命百岁。这四个字是世世代代以来对一个新生儿最美好的祝福，一种极致的吉祥话语，一种遥不可及的人间向往，然而我从来没想到它能在我亲人的身上实现。天竟赐我这样的洪福！

天下有多少人能活到三位数？谁能叫自己的生命装进去整整一个世纪的岁久年长？

我骄傲地说——我的母亲！

过去，我不曾有过母亲百岁的奢望。但是在母亲过九十岁生日的时候，我萌生出这种浪漫的痴望。太美好的想法总是伴随着隐隐的担虑。我和家人们嘴里全不说，却都分外用心照料她，心照不宣地为她的百岁目标使劲了。我的兄弟姐妹多，大家各尽其心，又都彼此合力，第三代的孙男娣女也加入进来。特别是母亲患病时，那是我们必须一起迎接的挑战。每逢此时，我们就像一支训练有素的球队，凭着默契的配合和倾力倾情，赢下一场场“赛事”。母亲多经磨难，父亲离去后，更加多愁善感，多年来为母亲消解心结已是我们每个人都擅长的事。我无法知道这些年为了母亲的快乐与健康，我们手足之间反反复复通了多少电话。

然而近年来，每当母亲生日我们笑呵呵聚在一起时，也都是满头花发。小弟已七十，大姐都八十了。可是在母亲面前，我们永远是孩子。人只有岁数大了，才会知道做孩子的感觉多珍贵多温馨。谁能像我这样，七十五岁了还是儿子，还有身在一棵大树下的感觉，有故乡故土和家的感觉，还能闻到只有母亲身上才有的深挚的气息？

人生很奇特。你小时候，母亲照料你保护你，每当有外人敲门，母亲便会起身去开门，决不会叫你去。可是等到你成长起来，母亲老了，再有外人敲门时，去开门的一定是你，该轮到你来呵护母亲了。人间的角色自然而然地发生转变，这就是美好的人伦与人伦的美好。母亲从九十一、九十二、九十三……一步步向前走。一种奇异的感觉出现了，我似乎觉得母亲愈来愈像我的女儿，我要把她放在手心里，我要保护她，叫她实现自古以来人间最瑰丽的梦想——长命百岁！

母亲住在弟弟的家。我每周二、五下班之后一定要去看她，雷打不动。母亲知我忙，怕我担心她的身体，这一天她都会提前洗脸擦油，拢拢头发，提起精神来，给我看。母亲兴趣多多，喜欢我带来的天南地北的消息，我笑她“心怀天下”。她还是个微信老手，天天将亲友们发给她的美丽的图片和有趣的视频转发他人。有时我在外地开会时，会忽然收到她微信：“儿子，你累吗？”可是，我在与她一边聊天时，还是要多方“刺探”她身体存在哪些小问题和小不适，我要尽快为她消除。我明白，保障她的身体健康是我首要的事。就这样，那个浪漫又遥远的百岁的目标渐渐进入眼帘了。

到了去年，母亲九十九周岁。她身体很好，身体也有力量，想象力依然活跃。在我开始设想来年如何为她庆寿时，她忽说：“我明年不过生日了，后年我过一百零一岁。”我先是不解，后来才明白，“百岁”这个日子确实太辉煌，她把它看成一道高高的门槛了，就像跳高运动员面对的横杆。我知道，这是她本能的对生命的一种畏惧，又是一种渴望。于是我与兄弟姐妹们说好，不再对她说百岁生日，不给她压力，等到了百岁那天来到自然就要庆贺了。可是我自己的心里也生出了一种担心——怕她在生日前生病。

果然，担心变成了现实，就在生日前的两个月她突然丹毒袭体。因病来势极猛，她发冷发烧，小腿红肿得发亮，这便赶紧送进医院，打针输液。病情刚刚好转，旋又复发，再次入院，直到生日前三日才出院。虽然病魔赶走，然而一连五十天输液吃药，伤了胃口，变得体弱神衰，无法庆贺寿辰。于是兄弟姐妹大家商定，百岁这天，轮流去向她祝贺生日，说说话，稍坐即离，不叫她劳累。午餐时，只由我和爱人、弟弟，陪她吃寿面。我们相约依照传统，待到母亲身体康复后，一家老小再为她好好补寿。

尽管在这百年难逢的日子里，这样做尴尬又难堪，不能尽大喜之兴，不能让这人间盛事如花般盛开，但是今天——

母亲已经站在这里——站在生命长途上一个用金子搭成的驿站上了。一百年漫长又崎岖的路已然记载在她生命的行程里。她真了不起，一步跨进了自己的新世纪。此时此刻我却仍然觉得自己像是在一种神奇和发光的梦里。

故而，我们没有华庭盛筵，没有四世同堂，只有一张小桌，几个适合母亲口味的家常小菜，一碗用木耳、面筋、鸡蛋和少许嫩肉烧成的拌卤，一点点红酒，无限温馨地为母亲举杯祝贺。母亲今天没有梳妆，不能拍照留念，我只能把眼前如此珍贵的画面记在心里。母亲还是有些衰弱，只吃了七八根面条，一点绿色的菠菜，饮小半口酒。但能与母亲长久相伴下去就是儿辈莫大的幸福了，我相信世间很多人内心深处都有这句话。

此刻，我愿意把此情此景告诉给我所有的朋友与熟人，这才是一件可以和朋友们共享的人间的幸福。

2017.9.23

父子应是忘年交

儿子考上大学时，闲话中提到费用。他忽然说："从上初中开始，我一直用自己的钱缴的学费。"

我和妻子都吃一惊。我们活得又忙碌又糊涂，没想到这种事。我问他："你哪来的钱？"他说："平时的零花钱，还有以前过年时的压岁钱，攒的。"

"你为什么要用自己的钱呢？"我犹然不解。

他不语。事后妻子告诉我，他说："我要像爸爸那样，一切都靠自己。"于是，我对他肃然起敬，并感到他一下子长大了。那个整天和我踢球、较量、打闹并被我爱抚地捉弄着的男孩儿已然倏忽远去。人长大，不是身体的放大，不是唇上出现的软髭和颈下凸起的喉结，而是一种成熟，一种独立人格的出现。但究竟他是怎样不声不响、不落痕迹地渐渐长大，忽然有一天这样地叫我惊讶和陌生，是不是我的眼睛太多关注于人生的季节和社会的时令，关注那每一朵嫩苞一节枯枝一块阴影和一片容光，关注笔尖下每一个细节的真实和每一个词语的准确，因而忽略了日日跟在身边却早已悄悄发生变化的儿子。

我把这感觉告诉朋友，朋友们全都笑了，原来在所有的父亲心目里，儿子永远是夹生的。对于天下的男人们，做父亲的经历各不一样，做父亲的感觉却大致相同。

这感觉一半来自天性，一半来自传统。

1976年大地震那夜，我睡地铺。“地动山摇”的一瞬，我本能地一跃而起，扑向儿子的小床，把他紧紧拥在怀里，任凭双腿全被乱砖乱瓦砸伤。事后我逢人便说自己如何英勇地捍卫了儿子，那份得意、那份神气、那份英雄感，其实是一种自享。享受一种做父亲尽天职的快乐。父亲，天经地义是家庭和子女的保护神。天职就是天性。至于来自传统的做父亲的感觉，便是长者的尊严，教导者的身份，居高临下的视角和姿态……每一代人都从长辈那里感受这种父亲的专利，一旦他自己做了父亲就将这种专利原原本本继承下来。

这是一种“传统感觉”，也是一种“父亲文化”。

我们就是在这一半天性一半传统中，美滋滋又糊里糊涂做着父亲。自以为对儿子了如指掌，一切一切，尽收眼底，可是等到儿子一旦长大成人，才惊奇地发现自己竟然对他一无所知。最熟悉的变为最陌生，最近的站到了最远，对话忽然中断，交流出现阻隔，弄不好还可能会失去了他。

人们把这弄不明白的事情推给“代沟”这个字眼儿，却不清楚：每个父亲都会面临重新与儿子相处的问题。

我想起，我的儿子自小就不把同学领到狭小的家里来玩，怕打扰我写作，我为什么不把这看作是他对我工作的一种理解与尊重？他也没有翻动过我桌上的任何一片写字的纸，我为什么没有看到文学在他心里也同样的神圣？我由此还想到，照看过他的一位老妇人说，他从来没有拉过别人的抽屉，从不对别人的东西产生过好奇与艳羡……当我把这些不曾留意的许多细节，与他中学时就自己缴学费的事情串联一起，我便开始一点点向他走近。

他早就有一个自己的世界，里边有很多发光的事物。直到今天我才探进头来。

被理解是一种幸福，理解人也是一种幸福。

当我看到了他独立的世界和独立的人格，也就有了与他相处的方式。对于一个走向成年的孩子，千万不要再把他当作孩子，而要把他当作一个独立的男人。

我开始尽量不向他讲道理，哪怕这道理千真万确，我只是把这道理作为一种体会表达出来而已。他呢，也只是在我希望他介入我的事情时，他才介入进来。我们对彼此的世界，不打扰，不闯入，不指手画脚，这才是男人间的做法。我深知他不喜欢用语言张扬情感，崇尚行动本身，他习惯于克制激动，同时把这激动用隐藏的方式保留起来。

我们的性格刚好相反，我却学会用他这种心领神会的方式与他交流。比方我在书店买书时，常常会挑选几本他喜欢的书，回家后便不吭声地往他桌上一放。他也是这样为我做事。他不喜欢添油加醋的渲染，而把父子之情看得天地一样的必然。如果这需要印证，就去看一看他的眼睛——儿子望着父亲的目光，总是一种彻底的忠诚。所以，我给他翻译的埃里克·奈特那本著名的小说《好狗莱希》（又名《莱希回家了》）写的序文，故意用了这样一个题目：忠诚的价值胜过金子。

儿子，在孩提时代是一种含意，但长大成人后就变了。除去血缘上的父子关系之外，两者又是朋友，是一个忘年交。而只有真正成为这种互为知己的忘年交，我们才获得了圆满的做父子的幸福，才拥有了实实在在又温馨完美的人生。

老夫老妻

为我们唱一支暮年的歌儿吧!

他俩又吵架了。年近七十的老夫老妻，相依为命地共同生活了四十多年，也吵吵打打地一起度过了四十多年。一辈子里，大大小小的架，谁也记不得打了多少次。但是不管打得如何热闹，最多不过两个小时就能恢复和好，好得像从没吵过架一样。他俩仿佛两杯水倒在一起，怎么也分不开。吵架就像在这水面上划道儿，无论划得多深，转眼连条痕迹也不会留下。

可是今天的架打得空前厉害，起因却很平常——就像大多数夫妻日常吵架那样，往往是从不值一提的小事上开始的——不过是老婆儿把晚饭烧好了，老头儿还趴在桌上通烟嘴，弄得纸块呀，碎布条呀，沾着烟油子的纸捻子呀，满桌子都是。老婆儿催他收拾桌子，老头儿偏偏不肯动，老婆儿便像一般老太太们那样叨叨起来。老婆儿们的唠唠叨叨是通向老头儿们肝脏里的导火线，不一会儿就把老头儿的肝火引着了。两人互相顶嘴，翻起对方多年来一系列过失的老账，话愈说愈狠。老婆儿气得上来一把夺去烟嘴塞在自己的衣兜里，惹得老头儿一怒之下，把烟盒扔在地上，还嫌不解气，手一撩，又将烟灰缸子打落地上。老婆儿则更不肯罢休，用那嘶哑、干巴巴的声音说：“你摔呀！把茶壶也摔了才算有本事呢！”

老头儿听了，竟像海豚那样从座椅上直蹿起来，还真的抓起桌上沏满热茶的大瓷壶，用力“叭”地摔在地上，老婆儿吓得一声尖叫，看着满地碎瓷片和溅在四处的水渍，直气得她那因年老而松垂下来的两颊的肉猛烈抖颤起来，冲着老头儿大叫：“离婚！马上离婚！”

这是他俩还都年轻时，每次吵架吵到高潮，她必喊出来的一句话。这句话头几次曾把对方的火气压下去，后来由于总不兑现便失效了；但她还是这么喊，不知是一时为了表示自己盛怒已极，还是迷信这句话最具有威胁性。六十岁以后她就不知不觉地不再喊这句话了。今天又喊出来，可见她已到了怒不可遏的地步。

同样的怒火也在老头儿的心里撞着，就像被斗牛士手中的红布刺激得发狂的牛，在看池里胡闯乱撞。只见他嘴里一边像火车喷气那样不断发出嗤嗤的声音，一边急速而无目的地在屋子中间转着圈。转了两圈，站住，转过身又反方向地转了两圈，然后冲到门口，猛拉开门跑出去，还使劲“啪”的一声带上门，好似从此一去就再不回来。

老婆儿火气未消，站在原处，面对空空的屋子，还在不住地出声骂他。骂了一阵子，她累了，歪在床上，一种伤心和委屈爬上心头。她想，要不是自己年轻时候得了肠结核那场病，她会有孩子的。有了孩子，她可以同孩子住去，何必跟这愈老愈执拗、愈急躁、愈混账的老东西生气？可是现在只得整天和他在一起，待见他，给他做饭，连饭碗、茶水、烟缸都要送到他跟前，还得看着他对自己耍脾气……她想得心里酸不溜秋，几滴老泪从布满一圈细皱的眼眶里溢出来。

过了很长时间，墙上的挂钟当当响起来，已经八点钟了。他们这场架正好打过了两个小时。不知为什么，他们每次打架过后两小时，心情就非常准时地发生变化，好像大自然的节气一进“七九”，封冻河面的冰片就要化开那样。刚刚掀起大波大澜的心情渐渐平息下来，变成浅浅的水纹一般。她耳边又响起刚才打架时自己朝老头儿喊的话：“离婚！马上离婚！”她忽然觉得这话又荒唐又可笑。哪有快七十的老夫老妻还打离婚的？她不禁“扑哧”一下笑出声来。这一笑，她心里一点皱褶也没了；连一点点怒意、埋怨和委屈的心情也都没了。她开始感到屋里空荡荡的，还有一种如同激战过后的战地那样出奇的安静，静得叫人别扭、空虚、没着没落的。于是，悔意便悄悄浸进她的心中。她想，俩人一辈子什么危险急难的事都经受过来了，像刚才那么点儿小事还值得吵闹吗？——她每次吵过架冷静下来时都要想到这句话。可是……老头儿总该回来了；他们以前吵架，他也跑出去过，但总是一个小时左右就悄悄回来了。但现在已经两个小时仍没回来。他又没吃晚饭，会跑到哪儿去呢？外边正下大雪，老头儿没戴帽子、没围围巾就跑了，外边地又滑，瞧他临出门时气冲冲的样子，别不留神滑倒摔坏吧？想到这儿，她竟在屋里待不住了，用手背揉揉泪水干后皱巴巴的眼皮，起身穿上外衣，从门后的挂衣钩儿上摘下老头儿的围巾、棉帽，走出房子去了。

雪下得正紧，积雪没过脚面。她左右看看，便向东边走去。因为每天早上他俩散步就先向东走，绕一圈儿，再从西边慢慢走回家。

夜色并不太暗，雪是夜的对比色，好像有人用一支大笔蘸足了白颜色把所有树枝都复勾一遍，使婆娑的树影在夜幕上白绒绒、远远近近、重重叠叠地显现出来。雪还使路面变厚了，变软了，变美了；在路灯的辉映下，繁密的大片大片的雪花纷纷而落，晶晶莹莹地闪着光，悄无声息地加浓它对世间万物的渲染。它还有种潮湿而又清冽的气息，有种踏上去清晰悦耳的咯吱咯吱声；特别是当湿雪蹭过脸颊时，别有一种又痒、又凉、又舒服的感觉。于是这普普通通、早已看惯了的世界，顷刻变得雄浑、静穆、高洁，充满活鲜鲜的生气了。

她一看这雪景，突然想到她和老头儿的一件遥远的往事。

五十年前，她和他都是不到二十岁的欢蹦乱跳的青年，在同一个大学读书。老头儿那时可是个有魅力、精力又充沛的小伙子，喜欢打排球、唱歌、演戏，在学生中属于“新派”，思想很激进。她不知是因为喜欢他、接近他，自己的思想也变得激进起来，还是由于他俩的思想常常发生共鸣才接近他、喜欢他的。他们在一个学生剧团。她的舞跳得十分出众。每次排戏回家晚些，他都顺路送她回家。他俩一向说得来，渐渐却感到在大庭广众中间有说有笑，在两人回家的路上反而没话可说了。两人默默地走，路显得分外长，只有脚步声，那是一种甜蜜的尴尬呀！

她记得那天也是下着大雪，两人踩着雪走，也是晚上八点来钟，她从多少天对他的种种感觉中，已经又担心又期待地预感到他这天要表示些什么了。在沿着河边的那段宁静的路上，他突然仿佛抑制不住地把她拉到怀里去。她猛地推开他，气得大把大把抓起地上的雪朝他扔去。他呢？竟然像傻子一样一动不动，任她用雪打在身上，直打得他浑身上下像一个雪人。她打着打着，忽然停住了，呆呆看了他片刻，忽然扑向他身上。她感到，他有种火烫般的激情透过身上厚厚的雪传到她身上。他们的恋爱就这样开始了——从一场奇特的战斗开始的。

多少年来，这桩事就像一张画儿那样，分外清楚而又分外美丽地收存在她心底。每逢下雪天，她就不免想起这桩醉心的往事。年轻时，她几乎一见到雪就想到这事；中年之后，她只是偶然想到，并对他提起，他听了都要会意地一笑，随即两人都沉默片刻，好像都在重温旧梦。自从他们步入风烛残年，即使下雪天气也很少再想起这桩事。是不是一生中经历的事太多了，积累起来就过于沉重，把这桩事压在底下拿不出来了？但为什么今天它却一下子又跑到眼前，分外新鲜而又有力地来撞她的心……

现在她老了，与那个时代相隔半个世纪了。时光虽然依旧带着他们往前走，却也把他们的精力消耗得快要枯竭了。她那一双曾经蹦蹦跳跳、多么有劲的腿，如今僵硬而无力；常年的风湿病使她的膝头总往前屈着，雨雪天气里就隐隐发疼；此刻在雪地里，每一步踩下去都是颤巍巍的，每一步抬起来都费力难拔。一不小心，她滑倒了，多亏地上是又厚又软的雪。她把手插进雪里，撑住地面，艰难地爬起来，就在这一瞬间，她又想起另一桩往事——

啊！那时他俩刚刚结婚，一天晚上去平安影院看卓别林的《摩登时代》。他们走进影院时，天空阴沉沉的。散场出来时一片皆白，雪还下着。那时他们正陶醉在新婚的快乐里，内心的幸福使他们把贫穷的日子过得充满诗意。瞧那风里飞舞的雪花，也好像在给他们助兴；满地的白雪如同他们的心境那样纯净明快。他们走着走着，又说又笑，跟着高兴地跑起来。但她脚下一滑，跌在雪地里。他跑过来伸给她一只手，要拉她起来。她却一打他的手："去，谁要你来拉！"

她的性格和他一样，有股倔劲儿。

她一跃就站了起来。那时是多么轻快啊，像小鹿一般；而现在她又是多么艰难呀，像衰弱的老马一般。她多么希望身边有一只手，希望老头儿在她身边！虽然老头儿也老而无力了，一只手拉不动她，要用一双手才能把她拉起来。那也好！总比孤孤单单一个人好。她想到楼上邻居李老头，"文革"初期老伴被折腾死了，尽管有个女儿，婚后还同他住在一起，但平时女儿、女婿都上班，家里只剩李老头一人。星期天女儿、女婿带着孩子出去玩，家里依旧剩李老头一人。年轻人和老年人总是有距离的。年轻人应该和年轻人在一起玩，老人得有老人为伴。

真幸运呢！她这么老，还有个老伴。四十多年如同形影，紧紧相随。尽管老头儿爱急躁，又固执，不大讲卫生，心也不细等，却不失为一个正派人，一辈子没做过一件亏心的、损人利己的、不光彩的事。在那道德沦丧的岁月里，他也没丢弃过自己奉行的做人的原则。他迷恋自己的电气传动专业，不大顾及家里的事。如今年老退休，还不时跑到原先那研究所去问问、看看、说说，好像那里有什么事与他永远也无法了结。她还喜欢老头儿的性格，真正的男子气派，一副直肠子，不懂得与人记仇记恨；粗心不是缺陷，粗线条才使他更富有男子气……她愈想，老头儿似乎就愈可爱了。两小时前能够一样样指出来、几乎无法忍受的老头儿的可恨之处，也不知都跑到哪儿去了。此刻她只担心老头儿雪夜外出，会遇到什么事情。她找不着老头儿，这担心就渐渐加重。如果她的生活里真丢了老头儿，会变成什么样子？多少年来，尽管老头儿夜里如雷一般的鼾声常常把她吵醒，但只要老头儿出差外地，身边没有鼾声，她反而睡不着觉，仿佛世界空了一大半……想到这里，她就有一种马上把老头儿找到身边的急渴的心情。

她在雪地里走了一个多小时，大概快有十点钟了，街上没什么人了，老头儿仍不见，雪却稀稀落落下小了。她两脚在雪里冻得生疼，膝头更疼，步子都迈不动了，只有先回去了，看看老头儿是否已经回家了。

她往家里走。快到家时，她远远看见自己家的灯亮着，灯光射出，有两块橘黄色窗形的光投落在屋外的雪地上。她心里怦地一跳："是不是老头儿回来了？"

她又想，是她刚才临出家门时慌慌张张忘记关灯了，还是老头儿回家后打开的灯?

走到家门口，她发现有一串清晰的脚印从西边而来，一直拐向她楼前的台阶。这是老头儿的吧?跟着她又疑惑这是楼上邻居的脚印。

她走到这脚印前弯下腰仔细地看，这脚印不大不小，留在踏得深深的雪窝里，她却怎么也辨认不出是否是老头儿的脚印。

“天呀！”她想，“我真糊涂，跟他生活一辈子，怎么连他的脚印都认不出来呢?”

她摇摇头，走上台阶打开楼门。当将要推开屋门时，心里默默地念叨着：“愿我的老头儿就在屋里！”这心情只有在他们五十年前约会时才有过。初春时曾经撩拨人心的劲儿，深秋里竟又感受到了。

屋门推开了。啊！老头儿正坐在桌前抽烟。地上的瓷片都扫净了。炉火显然给老头儿捅过，呼呼烧得正旺。顿时有股甜美而温暖的气息，把她冻得发僵的身子一下子紧紧地攫住。她还看见，桌上放着两杯茶，一杯放在老头儿跟前，一杯放在桌子另一边，自然是斟给她的……老头儿见她进来，抬起眼看她一下，跟着又温顺地垂下眼皮。在这眼皮一抬一垂之间，闪出一种羞涩的、发窘、歉意的目光。每次他俩闹过一场之后，老头儿眼里都会流露出这目光。在夫妻之间，打过架又言归于好，来得分外快活的时刻里，这目光给她一种说不出的安慰。

她站着，好像忽然想到什么，伸手从衣兜里摸出刚才夺走的烟嘴，走过去，放在老头儿跟前。一时她鼻子一酸，想掉泪，但她给自己的倔劲儿抑制住了，什么话也没说，赶紧去给空着肚子的老头儿热菜热饭，还煎上两个鸡蛋……

第二章

万物有灵

白天，它这样淘气地陪伴我；天色入暮，它就在父母的再三呼唤声中，飞向笼子，扭动滚圆的身子，挤开那些绿叶钻进去。

珍珠鸟[①]

真好！朋友送我一对珍珠鸟。放在一个简易的竹条编成的笼子里，笼内还有一卷干草，那是小鸟舒适又温暖的巢。

有人说，这是一种怕人的鸟。

我把它挂在窗前。那儿还有一盆异常茂盛的法国吊兰。我便用吊兰长长的、串生着小绿叶的垂蔓蒙盖在鸟笼上，它们就像躲进深幽的丛林一样安全；从中传出的笛儿般又细又亮的叫声，也就格外轻松自在了。

阳光从窗外射入，透过这里，吊兰那些无数指甲状的小叶，一半成了黑影，一半被照透，如同碧玉；斑斑驳驳，生意葱茏。小鸟的影子就在这中间隐约闪动，看不完整，有时连笼子也看不出，却见它们可爱的鲜红小嘴儿从绿叶中伸出来。

---

① 本文入选人教版义务教育课程标准实验教科书（语文五年级上册）等数十种教材。

我很少扒开叶蔓瞧它们，它们便渐渐敢伸出小脑袋瞅瞅我。我们就这样一点点熟悉了。

三个月后，那一团愈发繁茂的绿蔓里边，发出一种尖细又娇嫩的鸣叫。我猜到，是它们有了雏儿。我呢？决不掀开叶片往里看，连添食加水时也不睁大好奇的眼去惊动它们。过不多久，忽然有一个小脑袋从叶间探出来。更小哟，雏儿！正是这个小家伙！

它小，就能轻易地由疏格的笼子钻出身。瞧，多么像它的母亲：红嘴红脚，灰蓝色的毛，只是后背还没有生出珍珠似的圆圆的白点；它好肥，整个身子好像一个蓬松的球儿。

起先，这小家伙只在笼子四周活动，随后就在屋里飞来飞去，一会儿落在柜顶上，一会儿神气十足地站在书架上，啄着书背上那些大文豪的名字，一会儿把灯绳撞得来回摇动，跟着跳到画框上去了。只要大鸟在笼里生气地叫一声，它立即飞回笼里去。

我不管它。这样久了，打开窗子，它最多只在窗框上站一会儿，决不飞出去。

渐渐它胆子大了，就落在我书桌上。

它先是离我较远，见我不去伤害它，便一点点挨近，然后蹦到我的杯子上，俯下头来喝茶，再偏过脸瞧瞧我的反应。我只是微微一笑，依旧写东西，它就放开胆子跑到稿纸上，绕着我的笔尖蹦来蹦去，跳动的小红爪子在纸上发出嚓嚓响。

我不动声色地写，默默享受着这小家伙亲近的情意。这样，它完全放心了。索性用那涂了蜡似的、角质的小红嘴，“嗒嗒”啄着我颤动的笔尖。我用手抚一抚它细腻的绒毛，它也不怕，反而友好地啄两下我的手指。

有一次，它居然跳进我的空茶杯里，隔着透明光亮的玻璃瞅我。它不怕我突然把杯口捂住。是的，我不会。

白天，它这样淘气地陪伴我；天色入暮，它就在父母的再三呼唤声中，飞向笼子，扭动滚圆的身子，挤开那些绿叶钻进去。

有一天，我伏案写作时，它居然落到我的肩上。我手中的笔不觉停了，生怕惊跑它。待一会儿，扭头看，这小家伙竟趴在我的肩头睡着了，银灰色的眼睑盖住眸子，小红脚刚好给胸脯上长长的绒毛盖住。我轻轻抬一抬肩，它没醒，睡得好熟！还咂咂嘴，难道在做梦！

我笔尖一动，流泻下一时的感受：

信赖，往往创造出美好的境界。

捅马蜂窝[①]

爷爷的后院虽小，它除去堆放杂物，很少人去，里边的花木从不修剪，快长疯了！枝叶纠缠，阴影深浓，却是鸟儿、蝶儿、虫儿们生存和嬉戏的一片乐土，也是我儿时的乐园。我喜欢从那爬满青苔的湿漉漉的大树干上，取下一只又轻又薄的蝉衣，从土里挖出筷子般粗肥大的蚯蚓，把团团飞舞的小蠓虫赶到蜘蛛网上去。那沉甸甸压弯枝条的海棠果，个个都比市场买来的大。这里，最壮观的要数爷爷窗檐下的马蜂窝了，好像倒垂的一只大莲蓬，无数金黄色的马蜂爬进爬出，飞来飞去，不知忙些什么，大概总有百十只之多，以致爷爷不敢开窗子，怕它们中间哪个冒失鬼一头闯进屋来。

“真该死，屋子连透透气儿也不能，哪天请人来把这马蜂窝捅下来！”奶奶总为这个马蜂窝生气。

“不行，要蜇死人的！”爷爷说。

---

① 本文入选上海教育出版社版九年义务教育课本（语文五年级第一学期）等教材。

“怎么不行？头上蒙块布，拿竹竿一捅就下来。”奶奶反驳道。

“捅不得，捅不得。”爷爷连连摇手。

我站在一旁，心里却涌出一种捅马蜂窝的强烈欲望。那多有趣！当我给这个淘气的欲望鼓动得难以抑制时，就找来妹妹，趁着爷爷午睡的当儿，悄悄溜到从走廊通往后院的小门口。我脱下褂子蒙住头顶，用扣上衣扣儿的前襟遮盖下半张脸，只露一双眼。又把两根竹竿接绑起来，作为捣毁马蜂窝的武器。我和妹妹约定好，她躲在门里，把住关口，待我捅下马蜂窝，赶紧开门放我进来，然后把门关住。

妹妹躲在门缝后边，眼瞧我这非凡而冒险的行动。我开始有些迟疑，最后还是好奇战胜了胆怯。当我的竿头触到蜂窝的一刹那，好像听到爷爷在屋内呼叫，但我已经顾不得别的，一些受惊的马蜂轰地飞起来，我赶紧用竿头顶住蜂窝使劲地摇撼两下，只听“通”，一个沉甸甸的东西掉下来，跟着一团黄色的飞虫腾空而起，我扔掉竿子往小门那边跑，谁料到妹妹害怕，把门在里边插上，她跑了，将我关在门外。我一回头，只见一只马蜂径直而凶猛地朝我扑来，好像一架燃料耗尽、决心相撞的战斗机。这复仇者不顾一死而拼死的气势使我惊呆了。瞬间只觉眉心像被针扎似的剧烈地一疼，挨蜇了！我下意识地用手一拍，感觉我的掌心触到它可怕的身体。我吓得大叫，不知道谁开门把我拖到屋里。

当夜，我发了高烧。眉心处肿起一个枣大的疙瘩，自己都能用眼瞧见。家里人轮番用醋、酒、黄酱、万金油和凉手巾把儿，也没能使我那肿疮迅速消下来。转天请来医生，打针吃药，七八天后才渐渐复愈。这一下好不轻呢！我生病也没有过这么长时间，以致消肿后的几天里不敢到那通向后院的小走廊上去，生怕那些马蜂还守在小门口等着我。

过了些天，惊恐稍定，我去爷爷的屋子，他不在，隔窗看见他站在当院里，摆手召唤我去，我大着胆子去了。爷爷手指窗根处叫我看，原来是我捅掉的那个马蜂窝，却一只马蜂也不见了，好像一只丢弃的干枯的大莲蓬头。爷爷又指了指我的脚下，一只马蜂！我惊吓得差点叫起来，慌忙跳开。

“怕什么，它早死了！”爷爷说，“这就是蜇你的那只马蜂，可能被你那一拍，拍死的。”

仔细瞧，噢，原来是死的，仰面朝天躺在地上，几只黑蚂蚁在它身上爬来爬去。

“马蜂就是这样，你不惹它，它不蜇你。”爷爷说。

“那它干吗还要蜇我呢，这样它自己不也完了吗？”

“你毁了它的家——那是多大一个家呀！它当然要跟你拼命的！”爷爷说。

我听了心里暗暗吃惊。一只小虫竟有这样的激情和勇气。低头再瞧瞧那只马蜂，微风吹着它，轻轻颤动，好似活了一般。我不禁想起那天它朝我猛扑过来时那副生死不顾的架势，与毁坏它们生活的人拼出一切，真像一个英雄……我面对这壮烈牺牲的小飞虫的尸体，似乎有种罪孽感沉重地压在我的心上。

那一窝马蜂呢，被我扰得无家可归的一群呢，它们还会不会回来重建家园？我甚至想用胶水把那只空空的蜂窝粘上去。

这一年，我经常站在爷爷的后院里，始终没有等来一只马蜂。

转年开春，有两只马蜂飞到爷爷的窗檐下，落到被晒暖的木窗框上，然后还在过去的旧巢的残迹上爬了一阵子，跟着飞去而不再来。空空又是一年。

第三年，风和日丽之时，爷爷忽叫我抬头看，隔着窗玻璃看见窗檐下几只赤黄色的马蜂忙来忙去。在这中间，我忽然看到，小巧的、银灰色的第一间蜂窝已经筑成了。

于是，我和爷爷面对面开颜而笑，笑得十分舒心。我不由得暗暗告诉自己，再不做一件伤害旁人的事。

花脸

做孩子的时候，盼过年的心情比大人来得迫切，吃穿玩乐花样都多，还可以把拜年来的亲友塞到手心里的一小红包压岁钱都积攒起来，做个小富翁。但对于孩子们来说，过年的魅力还有更一层深在的缘故，便是我要写在这几张纸上的。

每逢年至，小闺女们闹着戴绒花、穿红袄、嘴巴涂上浓浓的胭脂团儿，男孩子们的兴趣都在鞭炮上。我则不然，最喜欢的是买个花脸戴。这是种纸浆轧制成的面具，用掺胶的彩粉画上戏里边那些有名有姓、威风十足的大花脸。后边拴根橡皮条，往头上一套，自己俨然就变成那员虎将了。这花脸是依脸形轧的，眼睛处挖两个孔，可以从里边往外看。但鼻子和嘴的地方不通气儿，一戴上，好闷，还有股臭胶和纸浆的味儿；说出话来，声音变得低粗，却有大将威武不凡的气概，神气得很。

一年年根，舅舅带我去娘娘宫前年货集市上买花脸。过年时人都分外有劲，挤在人群里好费力，终于从挂满在一条横竿上的花花绿绿几十种花脸中，惊喜地发现一个。这花脸好大，好特别！通面赤红，一双墨眉，眼角雄俊地吊起，头上边凸起一块绿包头，长巾贴脸垂下，脸下边是用马尾做的很长的胡须。这花脸与那些愣头愣脑、傻头傻脑、神头鬼脸的都不一样。虽然毫不凶恶，却有股子凛然不可侵犯的庄重之气，咄咄逼人。叫我看得直缩脖子，要是把它戴在脸上，管叫别人也吓得缩脖子。我竟不敢用手指它，只是朝它扬下巴，说：“我要那个大红脸！”

卖花脸的小罗锅儿，举竿儿挑下这花脸给我，龇着黄牙笑嘻嘻说：“还是这小少爷有眼力，要做关老爷！关老爷还得拿把青龙偃月刀呢！我给您挑把顶精神的！”就着从戳在地上的一捆刀枪里，抽出一柄最漂亮的大刀给我。大红漆杆，金黄刀面，刀面上嵌着几块闪闪发光的小镜片，中间画一条碧绿的小龙，还拴着一朵红缨子。这刀！这花脸！没想到一下得到两件宝贝。我高兴得只是笑，话都说不出。舅舅付了钱，坐三轮车回家时，我就戴着花脸，倚着舅舅的大棉袍执刀而立，一路引来不少人瞧我，特别是那些与我一般大的男孩子投来艳羡的目光时，使我快活至极。舅舅给我讲了许多关公的故事，过五关、斩六将，温酒斩华雄，他说：“你好英雄呀！”好像在说我的光荣史。当他告诉我这把青龙偃月刀重八十斤，我简直觉得自己力大无穷。舅舅还教我用京剧自报家门的腔调说：“我——姓关，名羽，字云长。”

到家，人人见人人夸，妈妈似乎比我更高兴。连总是厉害地板着脸的爸爸也含笑称我“小关公”。我推开人们，跑到穿衣镜前，横刀立马地一照，呀，哪里是小关公，我是大关公哪！

这样，整个大年三十我一直戴着花脸，谁说都不肯摘，睡觉时也戴着它，还是睡着后妈妈轻轻摘下放在我枕边的，转天醒来头件事便是马上戴上，恢复我这“关老爷”的本来面貌。

大年初一，客人们陆陆续续来拜年，妈妈喊我去，好叫客人们见识见识我这关老爷。我手握大刀，摇晃着肩膀，威风地走进客厅，憋足嗓门叫道：“我——姓关，名羽，字云长。”

客人们哄堂大笑，都说：“好个关老爷，有你守家，保管大鬼小鬼进不来！”

我越发神气，大刀呼呼抡两圈，摆个张牙舞爪的架势，逗得客人们笑个不停。只要客人来，妈妈就喊我出场表演。妈妈还给我换上只有三十夜拜祖宗时才能穿的那件青缎金花的小袍子。我成了全家过年的主角。连爸爸对我也另眼看待了。

我下楼一向不走楼梯。我家楼梯扶手是整根的光亮的圆木。下楼时便一条腿跨上去，“哧溜”一下滑到底。这时我就故意躲在楼上，等客人来，突然由天而降，叫他们惊奇，效果会更响亮！

初一下午，来客进入客厅，妈妈一喊我，我跨上楼梯扶手飞骑而下，“呜呀呀”大叫一声闯进客厅，大刀上下一抡，谁知用力过猛，脚底没根，身子栽出去，“叭”的巨响，大刀正砍在花架上一尊插桃枝的大瓷瓶上，哗啦啦粉粉碎，只见瓷片、桃枝和瓶里的水飞向满屋，一个瓷片从二姑脸旁飞过，险些擦上了。屋内如淋急雨，所有人穿的新衣裳都是水渍。再看爸爸，他像老虎一样直望着我，哎哟，一根开花的小桃枝迎面飞去，正插在他梳得油光光的头发里。后来才知道被我打碎的是一尊祖传的乾隆官窑百蝶瓶，这简直是死罪！我坐在地上吓傻了，等候爸爸上来一顿狠狠的揪打。妈妈的神气好像比我更紧张，她一下抓不着办法救我，瞪大眼睛等待爸爸的爆发。

就在这生死关头，二姑忽然破颜而笑，拍着一双雪白的手说道："好呵，好呵，今年大吉大利，岁（碎）岁（碎）平安呀！哎，关老爷，干吗傻坐在地上，快起来，二姑还要看你耍大刀哪！"

谁知二姑这是使什么法术，绷紧的气势霎时就松开了。另一位姨婆马上应和说："旧的不去，新的不来，不除旧，不迎新。您等着瞧吧，今年非抱个大金娃娃不成，是吧！"她满脸欢笑朝我爸爸说，叫他应声。其他客人也一拥而上，说吉祥话，哄爸爸乐。

这些话平时根本压不住爸爸的火气，此刻竟有神奇的效力，迫使他不乐也得乐。过年乐，没灾祸。爸爸只得嘿嘿两声，点头说："呵，好，好，好……"

尽管他脸上的笑纹明显含着被克制的怒意，我却奇迹般地因此逃脱开一次严惩。妈妈对我丢了眼色，我立刻爬起来，拖着大刀，狼狈而逃。身后还响着客人们着意的拍手声、叫好声和笑声。

往后几天里，再有拜年的客人来，妈妈不再喊我，节目被取消了。我躲在自己屋里很少露面，那把大刀也掖在床底下，只是花脸依旧戴着，大概躲在这硬纸后边再碰到爸爸时有种安全感。每每从眼孔里望见爸爸那张阴沉含怒的脸，就不再觉得自己是关老爷，而是个可怜虫了！

过了正月十五，大年就算过去了。我因为和妹妹争吃撤下来的祭灶用的糖瓜，被爸爸抓着腰提起来，按在床上死揍了一顿。我心里清楚，他是把打碎花瓶的罪过加在这件事上一起清算，因为他盛怒时，向我要来那把惹祸的大刀，用力折成段，大花脸也撕成碎片片。

从这事，我悟到一个祖传的概念：一年之中唯有过年这几天是孩子们的自由日，在这几天里无论怎样放胆去闹，也不会立刻得到惩罚。这便是所有孩子都盼望过年深在的缘故。当然那被撕碎的花脸也提醒我，在这有限的自由里可得勒着点自己，当心事后加倍地算账。

麻雀

这种褐色、带斑点、乌黑的尖嘴小鸟，为什么要在城市里落居为生？我想，一定有个生动并颇含哲理意味的故事。不过这故事只能虚构了。

这是群精明的家伙。贼头贼脑，又机警，又多疑，似乎心眼儿极多，北方人称它们为“老家贼”。

它们从来不肯在金丝笼里美餐一顿精米细食，也不肯在镀银的鸟架上稍息片刻。如果捉它一只，拴上绳子，它就要朝着明亮的窗子，一边尖叫，一边胡乱扑飞；飞累了，就垂下来，像一个秤锤，还张着嘴喘气。第二天早上，它已经伸直腿，闭上眼死掉了。它没有任何可驯性，因此它不是家禽。

它们不像燕子那样，在人檐下搭窝。而是筑巢在高楼的犄角，或者在光秃秃的大墙中间，脱落掉一两块砖的洞眼儿里。在那儿，远远可见一些黄黄的草，五月间，便由那里传出雏雀儿一声声柔细的鸣叫。这些巢总是离地很远，又高又险，人手摸不到的地方。

经常同人打交道，它懂得人的恶意。只要飞进人的屋子，人们总是先把窗子关上，然后连扑带打，跳上跳下，把它捉住，拿出去给孩子们玩弄，直到它死掉。从来没有人打开窗子放它飞去。因此，一辈辈麻雀传下来的一个警句，就是：不要轻易相信人。麻雀生来就不相信人。它长着土的颜色，为了混淆人的注意力。它活着，提心吊胆，没有一刻得以安心。逆境中磨炼出来的聪明，是它活下去的本领。它们几千年来生活在人间，精明成了它们必备的本领。你看，所有麻雀不都是这样吗？春去秋来的候鸟黄莺儿，每每经过城市都要死去一批，麻雀却在人间活下来。

它们每时每刻都在躲闪人，不叫人接近它们，哪怕那个人并没看见它，它也赶忙逃掉；它要在人间觅食，还要识破人们布下的种种圈套，诸如支起的箩筐，挂在树上的铁夹子，张在空间的透明的网等，并且在这上边、下边、旁边撒下一些香喷喷的米粒面渣，还有那些特别智巧的人发明的一种又一种奇特的新捕具。

有时地上有一粒遗落的米，亮晶晶的，那么富于魅力地诱惑着它。它只能用饥渴的眼睛远远盯着它，却没有飞过去叼起来的勇气。它盯着，叫着，然后腾身而去——这因为它看见了无关的东西在晃动，惹起它的疑心或警觉；或者无端端地害怕起来。它把自己吓跑。这样便经常失去饱腹的机会，同时也免除了一些可能致死的灾难。

这种活在人间的鸟儿，长得细长精瘦，有一双显得过大的黑眼睛，目光却十分锐利。由于时时提防人，反而要处处盯着人的一举一动。脑袋仿佛一刻不停地转动着，机警地左顾右盼；起飞的动作有如闪电，而且具有长久不息的飞行耐力。

它们总是吃不饱，需要往返不停地奔跑，而且见到东西就得快吃。有时却不能吃，那是要叼回窝去喂饱羽毛未丰的雏雀儿。

雏雀儿长齐翅膀，刚刚学飞时，是异常危险的。它们跌跌撞撞，落到地上，就要遭难于人们的手中。更可怕的是，这些天真的幼雀，总把人料想得不够坏。因此，大麻雀时常对它们发出警告。诗人们曾以为鸟儿呢喃是一种开心的歌唱。实际上，麻雀一生的喊叫中，一半是对同伴发出的警戒的呼叫。这鸣叫里包含着惊心和紧张。人可以把夜莺儿的鸣叫学得乱真，却永远学不会这种生存在人间的小鸟的语言。

愉快的声调是单纯的，痛苦的声音有时很奇特；喉咙里的音调容易仿效，心里的声响却永远无法模拟。

如果雏雀儿被人捉到，大麻雀就会置生死于度外地扑来营救。因此人们常把雏雀儿捉来拴好，要弄得它吱吱叫喊，旁边设下埋伏，来引大麻雀入网。这种利用血缘情感来捕杀麻雀的做法，是万无一失的。每每此时，大麻雀总是失去理智地扑去，结果做了人们晚间酒桌上一碟新鲜的佳肴。

在这些小生命中间，充满了惊吓、危险、饥荒、意外袭击和一桩桩想起来后怕的事，以及难得的机遇——院角一撮生霉的米。

它们这样劳碌奔波，终日躲避灾难，只为了不入笼中，而在各处野飞野跑。很多鸟儿都习惯在一方大地的笼中生活，用一身招徕人喜欢的羽翼，耍着花腔，换得温饱。唯有麻雀甘心在风风雨雨中，过着饥饿疲惫又担惊受怕的日子。人憎恶麻雀的天性。凡是人不能喂养的鸟儿，都称作“野鸟”。

但野鸟可以飞来飞去；可以直上云端，徜徉在凉爽的雨云边；可以掠过镜子一样的水面；还可以站在钻满绿芽的春树枝头抖一抖疲乏的翅膀——可以像笼鸟们梦想的那样。

到了冬天，人们关了窗子，把房内烧暖，麻雀更有一番艰辛，寒冽的风整天吹着它们。尤其是大雪盖严大地，见不到食物，它们常常忍着饥肠饿肚，一串串落在人家院中晾衣绳上，瑟缩着头，细细的脚给肚子的毛盖着。北风吹着它们的胸脯，远看像一个个褐色的绒球。同时它们的脑袋仍在不停地转动，不失对人为不幸的警觉。

唉，朋友，如果你现在看见，一群麻雀正在窗外一家楼顶熏黑的烟囱后边一声声叫着，你该怎么想呢?

黑头

这儿说的黑头，可不是戏曲里的行当，而是条狗的名字。这狗不一般。

黑头是条好狗，但不是那种常说的舍命救主的“忠犬、义犬”，这是一条除了它再没第二的狗。

它刚打北大关一带街头那些野狗里出现时，还是个小崽子，太丑！一准是谁家母狗下了崽，嫌它难看，扔到这边来。扔狗都往远处扔，狗都认家，扔近了还得跑回来。

黑头是条菜狗——那模样，说它都怕脏了舌头！白底黑花，花也没样儿，像烂墨点子，东一块西一块；脑袋整个是黑的，黑得看不见眼睛，只一口白牙，中间耷拉出一小截红舌头。不光人见人嫌，野狗们也不搭理它。北大关挨着南运河，码头多，人多，商号饭铺多，土箱子[①]里能吃的东西也多。野狗们单靠着在土箱子里刨食就饿不着。可这边的野狗个个凶，狗都护食，不叫黑头靠前。故

---

① 天津人对垃圾箱的俗称。

而一年过去，它的个子不见长，细腿瘪肚，乌黑的脑袋还像拳头那么点儿。

北大关顶大的商号是隆昌海货店，专门营销海虾河蟹湖鱼江鳖，远近驰名。店里一位老伙计商大爷，是个敦敦实实的老汉，打小在隆昌先当学徒后当伙计，干了一辈子，如今六十多岁，称得上这店里的元老，买卖水产的事儿比自家的事儿还明白。至于北大关这一带市面上的事，全都在他眼里。他见黑头皮包骨头，瘦得可怜，时不时便叫小伙计扔块鱼头给它。狗吃肉不吃鱼，尤其不吃生鱼，怕腥；但这小崽子却领商大爷的情，就是不吃也咬上几口，再朝商大爷叫两声，摇摇尾巴走去。这叫商大爷动了心。日子一久，有了交情，模样丑不丑也就不碍事了。

一天商大爷下班回家，这小崽子竟跟在他后边。商大爷家在侯家后，道儿不远，黑头一直跟着他，距离拉得不近不远，也不出声，直送他到家门口。

商大爷的家是个带院的两间瓦房。商大爷开门进去，扭头一看，黑头就蹲在门边的槐树下边一动不动瞧着他。商大爷没理它关门进屋。第二天一天没见它。傍晚下班回家时，黑头不知嘛[①]时候又出来了，又是一直跟着商大爷，不声不响送商大爷回家。一连三天，商大爷明白这小崽子的心思，回到家把院门一敞说："进来

① 什么，天津方言。

吧，我养你了。”黑头就成了商家的一号[1]了。

邻居们有点纳闷，商大爷养狗总得养条好狗；领野狗养，也得挑一条顺眼的，干吗把这么一个丑东西弄到家里？天天在眼皮子底下转来转去，受得了吗？

商大爷日子宽裕，很快把黑头喂了起来，个子长得飞快，一年成大狗，两年大得吓人，它那黑脑袋竟比小孩的脑袋还大，白牙更尖，红舌更长。它很少叫，商大爷明白，咬人的狗都不叫，所以从不叫它出门，即便它不咬人，也怕它吓着人。

其实黑头很懂人事，它好像知道自己模样凶，决不出院门，也决不进房门，整天守在院门里房门外。每有客人来串门，它必趴下，把半张脸埋在前爪后边，不叫人看，怕叫人怕，耳朵却竖着，眼睛睁得挺圆，决不像那种好逞能的家犬，一来人就咋呼半天。可是一天半夜有个贼翻墙进院，它扑过去几下就把那贼制伏。它一声没叫，那贼却疼得吓得唧哇乱喊。这叫商大爷知道它不是吃闲饭的；看家护院，非它莫属。

商大爷常说黑头这东西有报恩之心，很懂事，知道怎么“做事”。商大爷这种在老店里干了一辈子的人，讲礼讲面讲规矩讲分寸，这狗合他的性情，所以叫他喜欢。只要别人夸赞他的黑头，商大爷辄必眉开眼笑，好像人家夸他孩子。

---

① 一员，天津方言。

可是，一次黑头惹了祸，而且是大祸。

那些天，商大爷家西边的厢房落架翻修，请一帮泥瓦匠和木工，搬砖运灰里里外外忙活。他家平时客人不多，偶尔来人串门多是熟人，大门向来都是闭着，从没这样大敞四开，而且进进出出全是生脸。黑头没见过场面，如临大敌，浑身的毛全竖起来。但又不能出头露面吓着人，便天天猫在东屋前，连盹儿也不敢打。七八天过去，老屋落架，刨槽下桩，砌砖垒墙，很快四面墙和房架立了起来。待到上梁那天，商大爷请人来在大梁上贴了符纸，拴上红绸，众人使力吆喝，把大梁抬上去摆正，跟着放一大挂雷子鞭，立时引来一群外边看热闹的孩子连喊带叫，拥了进来。

黑头以为出了事，突然腾身蹿跃出来，孩子们一见这黑头花身、张牙舞爪、凶神恶煞般的怪物，吓得转身就跑。外边的往里拥，里边的往外挤，在门里门外砸成一团，跟着就听见孩子又叫又哭。

商大爷跑过去一瞧，一个邻居家的男孩儿被挤倒，脑袋撞上石头门墩，开了口子冒出血来。邻居家大人赶来一看不高兴了，迎面给商大爷来了两句："使狗吓唬人——嘛人？"

商大爷是讲礼讲面的人，自己缺理，人家话不好听，也得受着。一边叫家里人陪着孩子去瞧大夫，一边回到院里安顿受了惊扰的修房的人。

这时，扭头一眼瞧见黑头，心火冒起，拾起一根竿子两步过去，给黑头狠狠一竿子，骂道："畜生就是畜生，我一辈子和人好礼好面，你把我面子丢尽了！"

黑头挨了重重一击，本能地蹿起，龇牙大叫一声，那样子真凶。商大爷正在火头上，并不怕它，朝它怒吼："干吗，你还敢咬我？"

黑头站那儿没动，两眼直对商大爷看着，忽然转身夺门而去，一溜烟儿就跑没了。商大爷把竿子一扔说："滚吧，打今儿别再回来，原本不就是条丧家犬吗？"

黑头真的没再回来。打白天到夜里，随后一天两天三天过去，影儿也不见。商大爷心里觉得好像缺点嘛，嘴里不说，却忍不住总到门外边张望一下。这畜生真的一去不回头了吗？

又过两天，西边的房顶已经铺好苇耙，开始上泥铺瓦。院门敞着，黑头忽然出现在门口。这时候，商大爷去隆昌上班了，工人都盯着手里的活，谁也没注意到它。

黑头两眼扫一下院子，看见中间有一堆和好的稀泥，突然它腿一使劲，朝那堆稀泥猛冲过去，"噗"地一头扎进泥里，用劲过猛，只剩下后腿和尾巴留在外边。这一切没人瞧见。

待商大爷下晌回来，工人收工时，有人发现这泥里毛乎乎的东西是嘛呢，拉出来一看，大惊失色，原来是黑头，早断了气，身子都有点发硬了。它怎么死在这儿，嘛时候死的，是邻居哪家弄死后塞在这儿的吗？

大伙猜了半天说了半天，谁也说不清楚。半天没说话的商大爷的一句话，把这事说明白了："我明白它，它比我还要面子，它这是自我了结。"随后又感慨地说，"唉，死还是要死在自己家里。"

爱犬的天堂

一位久居巴黎的华人，姓蔡，绰号“老巴黎”。他问我：“你在巴黎也住了不少天，能说出巴黎哪几样东西多吗？”

我想了想，便说：“巴黎有四多。第一是书店多，有时一条街能碰上两三家书店。第二是药店多，第三是眼镜店多，这两种店的霓虹灯标志到处可以看到。药店的霓虹灯是个绿色的十字，眼镜店的霓虹灯是个蓝色的眼镜架。眼镜店和书店总是连在一起的：看书的人多，近视眼肯定多。至于第四，是——”我故意停顿一下，好加强我下边的话，“狗屎多！刚才我还踩了一脚！”说完我笑起来，很得意于自己对巴黎的“发现”。

“老巴黎”蔡先生说：“你们写文章的人观察力还真不赖。这四样说得都对。只是最后一样……看来你很反感。这说明你对巴黎人还不大了解。好，这么办吧，我介绍你去个地方看看。这地方叫作阿斯尼埃尔。”

待我去到那里一看，阿斯尼埃尔原来是一座公墓。再一问，竟是一座狗公墓！它最早是在塞纳河的一个小岛上，后来这岛的一边的河道被填平，它便成了岸边的一块狭长的阔地，长满了花草树木，在这中间耸立着一排排墓碑。不过它们比起人的墓碑要小上一号，最高不过一米。在每一块小巧而精致的墓碑下，都埋葬着一个曾经活过的人间宠物。

狗公墓也和人的墓地一样宁静。静得像教堂，肃穆而安详。坟墓的样式很少重复，有的是古典式样，有的很有现代味，有的是自然主义的做法，用石头砌一座狗儿生前居住的那种小屋。墓碑上边刻着狗的名字，生卒年月，铭文，甚至还记载着墓中的狗一生不凡的业绩。比如一个墓碑上说“墓主人”曾经得过“七个冠军”。还有一个墓碑上写着“这只狗救活了四十个人，但它却被第四十一个人杀死了”。虽然我们不知道这只狗的故事，却叫我们感受到一个英雄的悲剧。让我们觉得这狗的墓地绝非只是埋葬一些宠物那么简单。

不少坟墓还有精美的雕像，或是天使，或是盛开的花朵，或是“墓主人”的形象。有的是一个可爱的头，有的是奔跑时的英姿。远看很像一座狗的雕塑博物馆。它与人的墓地的不同，便是每个墓碑前都修了一个方方正正的大理石的台子，大理石的颜色不同，有黑色的，有白色的，也有绛红色的；上边放了各式各样的陶瓷的小狗、小猫、小车、小家具、小娃娃、小罐头、小枕头等，这是狗的主人们来扫墓时摆上去的。人们对待这些可怜的狗，就像对待自己早夭的孩子一样，以此留下他们深挚的怀念。

细细地看，就会看出每件陶瓷小品都是精心挑选的，都很精致和可爱。有的墓前摆了很多，多达十几种，但都摆放得错落有致，像一个个陈设着艺术品的美丽的小桌。这之间，有时还有彩绘的瓷盘和瓷片，印着一帧墓中小狗的照片，或者生前与它主人的合影。可是，往日的欢乐现在都埋葬在这沉默大地的下边了。

刚走进阿斯尼埃尔时，我看到一个胖胖的老年妇女由一个男孩子陪同走出来。一老一少的眼睛和鼻子都通红。显然他们刚刚扫完墓正要离去，神情带着十分的伤痛。后来在墓地里，我还看到一对来扫墓的年轻的夫妻。女子抱着一大束艳丽的鲜花，男子提着两大塑料袋的供品。一望即知他们与死去的爱犬深如大海般的情谊。他们先把大理石台子上的摆饰挪开，用毛刷和抹布打扫、清洗干净，然后从包里把新买来的陶瓷一件件拿出来重新布置，细心摆好，再用鲜花把这些衬托起来。那男子蹲在那里，一手扶着墓碑；那女子则站在他身边，双手抱在胸前，默然而立，似在祈祷，垂下来的长裙一动不动，静穆中分明有一种很深切的哀伤。我看到墓碑上他们的爱犬去世的时间为1995年。一只小狗死去多年，他们依旧悲痛如初。人与狗的情谊原来也可以同人与人一样深刻吗？

旁观别人的痛苦是不礼貌的。故而我走开了，与妻子去看墓碑上的碑文。我爱读碑文，碑文往往是人用一生写的，或是写人一生的。碑文更多是哲理。然而这狗墓地的碑文却一律是情感的宣泄，是人对狗单方面的倾诉。比如：

自从你离开我，我没有一天眼睛里没有泪水。

你曾经把我从孤独中救了出来，现在我怎么救你？

咱们的家依然有你的位置，尽管你自己躺在这里。

回来吧，我的朋友，哪怕只是一天！

在一棵老树下，有一座黑色的墓碑，上边写着埋葬者的生卒时间为1914—1929。这只狗的主人署名为L. A。他写道：

想到我曾经打过你，我更加痛苦！

看到这句话，我被感动了，并由此知道狗在巴黎人生活中深层的位置。狗绝对不是他们看家护院的打手，不是玩物，也不是我前边说过的——宠物，而是人们不可缺少的心灵的伙伴。

在狗与人互为伙伴的巴黎生活中，天天会演出多少美好的故事来？

那么，这里埋着巴黎人的什么呢？是破碎的心灵还是残缺的人生？

阿斯尼埃尔的长眠者，不只有狗，还有猫、鸡、鸟、马。据说很早的时候还埋葬过一头大象。埋葬的意义便是纪念。对于巴黎人来说，这种纪念伙伴的方式由来已久。这墓地实际上是巴黎的古老的墓地之一，其历史至少有一百五十年以上。现在墓地里还有一些百年老墓。狗的墓地与人的墓地最大的不同，是人有家族的血缘，可以代代相传，香火不断，坟墓可以不断地重修；但人与狗的缘分只是一生一世，很难延续到下一代。故此，阿斯尼埃尔所有的古墓都坍塌一片。但这些倾圮的古墓仍是一片人间遗落而不灭的情感。

扫墓的人，常常会把狗爱吃的食物带来。这便招来城市中一些迷失的猫，来到这里觅食。当地政府便在墓地的一角为这些无家可归的猫盖了一间房子。动物保护组织派来了一些人，在屋子里放了许多小木屋、木桶、草篮，铺上松软的被褥，供给猫儿们睡觉。每天还有人来送猫食。这些猫便有吃有喝，不怕风雨。它们个个都肥肥胖胖，皮毛油亮。阿斯尼埃尔成了它们的乐园和天堂。

由于这墓地也埋葬猫，也有猫的墓碑和猫的雕塑。有时墓碑上端趴着一只白猫。你过去逗它，它不动，原来是一个石雕。有时以为是雕像，你站过去想与它合影留念，它却忽然跳下来跑了。

这情景有些奇幻。世上哪里还有这种美妙的幻境？

回到我们的驻地，我给那位“巴黎通”蔡先生打了个电话。他问我感受如何。我说：“我现在对街上的狗屎有些宽容了。”

他说：“那好。宽容了狗屎，你会对巴黎的印象更好一些。”

老裘里和菲菲

老裘里，一匹瘦骨嶙峋的栗色老马，刚拉一车白灰回来，给马夫瓦尔卡拴在当院的一棵小杨树上。它满身白灰，连鼻孔和嘴唇也沾了不少，甚至跑到眼角里去了，它歪过长脸在粗糙的树干上蹭来蹭去，也无法把这些火辣辣的灰末弄下来。再加上天气闷热，短短的鬃毛下边全是黏汗，真是难受极了，它很想跑下河去痛痛快快洗个澡儿……但这不可能，灼热的赤阳像个燃烧的火球高悬中天，树影正是最小的时候。它挪来挪去，打算躲开火烫的阳光的针芒，但树影怎么也不能把它的全身遮住。难道它又得拿出生活教给它的一个可怜的老办法——每当在无可奈何时，只能忍受？

“咯、咯、咯、咯……”

谁在那边笑？噢，是菲菲。一条肥大的多肉的白狗。两片厚厚的耳朵垂盖在额角上，样子有点像猪。一双小而发红的三角眼亮闪闪。此刻它正趴在楼前的高台阶上，下巴搁在前腿上，懒懒又狡黠地笑着。

“老家伙，怎么样？”菲菲说。

“怎么样……还能怎么样呢？又热又累，又热又累啊！”老裘里叹息道。

“可怜的老家伙！你干吗在那儿死晒着呢？快到我这儿来吧！这儿多凉快，一点也不晒，这扇门直通楼里的过道，有穿堂风，又阴又凉。裘里，我趴在这儿，就像趴在冰上。”

老裘里看看拴着自己的绳子，没说话。这时，毒日头简直要把它的脊背烧着了。

“啊、啊，你是过不来的呀！老家伙，你怎么混成这样子！你前几年是什么样子？一匹漂亮的骏马，主人还常骑着你兜风去哪！现在呢？谁能说出你是栗色的？毛儿七倒八歪，上边又是土，又是灰，纯粹像个破灰布口袋。一天到晚，累得要死还总给拴着，没一点自在。瓦尔卡怎么样？还打你吗？”

“怎么不打呢……自从年前他老婆害疟疾死了，他打我打得更凶了。他整天喝酒，喝醉了就红着眼珠，站在车上拼命拿鞭子抽我，倒好像是我害死他老婆似的……”

“你不会不理他？躲着他……”菲菲说。可是当它看见老裘里没有表情的脸，便想到自己的话是没用的，它支吾着：“怎么好呢？你混成这样。你看我——”菲菲说到这里，忽然觉得有许多得意的话止不住地涌到嘴边，就好像见到牛肉时一涌而出的口水，非要冒出来不可了，“我呀——我整天想干什么就干什么。吃吃、睡睡、溜达溜达；待闷了，就到门口吓唬个生人解闷，要不就到街上去追追母狗取乐……这所楼，上上下下，我随便上哪儿都行。我到过小姐的床底下睡觉，经常从主人屋子进进出出。哎，老家伙，你行吗？”

老裘里摇摇头。这就加强了菲菲心里的优越感。它前腿一收，直起笨重的身子，好似挂了一身勋章想叫人看那样，挺起了毛茸茸的胸脯，兴奋地说：“好阔气，那屋子。地上铺着红毯子、黄毯子、花毯子，在上边走着可舒服啦！”

“比在草地上走还舒服吗？”

“草地算个屁呀！在那些毯子上一走，就好像、就好像……”菲菲抬起眼睛想了想，忽然说，“就像在云彩上走一样。”

老裘里偏过脸，瞅一下火热又晃眼的天空，说：“草地上的草可以吃呢！”

“你可真没见识。怪不得你是匹马呢！除去草你就不知道还有别的好东西吃。告诉你！主人单是吃饭就一大间房子。他们吃饭时，我还跳上一张空椅子，和主人们同桌吃。主人说：‘菲菲，张嘴！’一块猪排扔过来，我一伸嘴就叼住了。一会儿小姐也说：‘菲菲，张开嘴！’说着，又把一块香喷喷的肥肉扔给我。我呢，还钻到桌子下边，舔过太太那只绣金花的拖鞋呢！每星期四，太太到涅瓦河边散步，非叫我陪着去不可，别人谁陪也不成。科伦斯基伯爵——你知道吗？大伟人，最有钱，穿得可讲究了。我们经常在河边碰见他，他还朝我们点头，我也朝他点头。你行吗？甭说你，就是瓦尔卡，厨子伊凡·伊凡诺维奇，都不成。我甚至还敢去咬主人的靴筒，你怎么样？”

老裘里惊讶地眨巴一下眼睛。一瞬间，身上火烫的阳光好像一下子挪开了，换了一层冰雪，它不禁打了一个寒战。它清楚记得，一次它用尾巴轰赶马蝇子时，不小心扫打在主人的肩膀上，主人怒了，抡起手杖来猛抽它的后腿。当时它疼得跪了下来，直到现在，只要拉一些重东西，比如刚刚那车白灰，它的腿骨就发痛，走起来一瘸一拐的，可是菲菲居然敢去咬主人的靴筒——它所受到的恩宠真是可望而不可即了……“真的吗，菲菲？”老裘里眼里闪着惊羡的目光。

“当然是真的了！咬主人靴筒又算什么？太不算什么了，你去问问瓦尔卡，他常瞧见。告诉你，我菲菲不是吹牛，我还敢咬主人的脖子呢！”

老裘里听着，不觉伸长它又细又长的脖子，动一动，竟好像自己的脖子挨咬一样。菲菲说过这话，自觉夸大过分，但老裘里正陷入惊异得发呆的情景中，并不觉得。菲菲便修补起它这几句言过其实的话来：“……咬主人这种事，你当然不行。你知道主人和我是什么关系吗？是朋友，老朋友。我一直忠于他，他心中有数。再说我还救过他呢！这事你不知道——前年，我陪主人在大赛马场外那条林荫道并排溜达。主人只顾看头上的树叶，我也看树叶，谁也没瞧见迎面走过来一个老头，正和主人撞个满怀。那个老头穿得挺好，可是脾气很糟，竟和主人大吵起来。那老头气得脖子都红了，居然要抬手打主人。主人扭过头，喊我：‘菲菲！’我立即冲上去，朝那老头龇开牙，竖起耳朵，啾啾地吼。谁想那老头是个草包，不但不敢再装凶，反而扭过屁股吓跑了。挺平的地面，他还差点儿摔一跤。主人大笑起来，拍拍我的头说：‘老朋友，干得漂亮！’哈，你猜怎么样，当晚主人就给我一大碗牛肉吃。从那次，主人就对我另眼看待了。瓦尔卡，伊凡，还有女佣莉娜等等，那帮子下等人，废料，奴才，怎么能跟我相比，你去问问瓦尔卡，他敢来碰我吗？他们得捧我、爱我、对我好，来讨主人欢心的，我却从来不想搭理他们！”

“可是，瓦尔卡的鞭子在我身上抽得愈响，才愈显得他们干活卖力气，用来讨主人的好……你看。”老裘里说着转过身，它右边脖子上有一长条给鞭子抽得毛都掉光了，露出光光的皮来。

“多惨，多惨呀！老家伙，你为什么不和我一样呢？”

菲菲满口同情的语调，那神气却得意已极。它从和老裘里的谈话里，深深感到自己的幸运、优越和非凡；它知足而骄傲。似乎它也是这所楼房中的主人了。至少和主人是一码事，不是两码事。老裘里呢，也感到这种地位的悬殊。在它的印象里，菲菲不过是一条狗、一条狗而已，谁想到它这样能耐、有福、手眼通天、高高在上。自己没法儿和它相比，已然老了，没有奔头，只有受苦；它自卑到了极点。

“菲菲——菲菲——”有人叫菲菲。

菲菲瞪起眼，大耳朵呼扇一下张开来。只听它轻声说：“主人！”紧跟着就跳下台阶，摇着一身胖肉，急急忙忙朝门口跑去，项圈上系着的小银铃发出一串儿响声。

主人出现在门口，手杖、靴筒、衣扣、表链，都在阳光里闪亮；菲菲围着主人又跑又跳，短尾巴亲热地摇着，并抬起那张猪样的肥脸嗅着主人的衣裤，好似闻到什么醉心的气味；然后立起身来，把前爪搭在主人的手上。主人用另一只手摸摸它的头。这时它偏过头，得意扬扬地看了老裘里一眼。满身白灰的老裘里对它充满羡慕之意。

菲菲兴奋起来，它围着主人转圈，打滚，撒欢，最后扑向主人的靴子咬起来。

“又胡闹！”主人带着一种爱意说。

菲菲又朝老裘里递过一个眼神，意思是：你看见了吧！我敢咬他的靴子！

于是菲菲有些忘形了，咬得主人又黑又亮的皮靴筒吱扭吱扭地响。忽然，只听主人大喝一声：“哎哟，混蛋！”

原来主人崭新的靴筒被咬破了一大块，破皮子向外翻出来。

菲菲还没有弄明白是自己闯下的祸事，就已经给主人一脚踢出四五步远，摔得蒙头转向，浑身是土。这一脚正踢在它的脸上，疼得很呢！这又实在叫菲菲挂不住面子，它急了，打一个滚儿翻身起来，喉咙里响着粗粗的发怒声，要朝主人扑来。

“好，你敢咬我！畜生，我打死你！”

主人愤怒的声音又响亮、又怕人，同时举起手杖就要打。远处的老裘里见了，吓得张大嘴，膝头发软，腿上挨过打的地方突然痛起来。菲菲呢，它抬眼看见主人气冲冲的脸和举在半空中亮闪闪而结实的手杖，没有扑过去，而是顺从地低下头，垂下耳朵，哀哀叫了一忽儿，随后摇着尾巴跑到主人跟前，用两腮亲昵地蹭着主人的脚面，并伸出湿乎乎的舌头舔主人的靴筒，那样子就像闯了祸的孩子向大人撒娇讨好一样。

主人没打它，而是厌烦地用脚拨开它，说一声“滚开！”便回屋去了。

菲菲望着主人的背影消失在阴暗的楼道里，扭头看见老裘里，一时感觉困窘极了。

“菲菲，你疼吗？”老裘里问。

菲菲摇摇头，没出声，其实它疼得厉害。

“菲菲，别难过——”老裘里安慰它说，“这事怪你，你闹得太过分了，对不对？”

“啊，啊……是呵。确实闹得太过分了，而且是和主人这么闹。”说到这里，菲菲好像立时恢复一点精神，又说，“……和主人这么闹，除去我，谁敢？还多亏是我，要是瓦尔卡、伊凡、莉娜那些家伙，主人非打断他们的腿不可。一双新靴子被我咬破，居然还没打我一下，这对我可是很大的面子呀！你说是吧？”

“嗯。”

菲菲还想神气地笑一下，但脸上刚挨过狠狠一脚，左眼下边已经肿得高高的，挤得眼睛细得像一条缝。这一笑，只像脸皮扯动一下。

“多亏是我……”它极力想挽回面子，还在加劲地说，“换别人，这么闹？要命！主人跟我总有面子，他不会忘记在大赛马场外那件事。老朋友，老交情呢！”

老裘里不再吱声。菲菲自觉没趣，快快回到楼前的高台上蜷卧下来，闭上眼睛。老裘里瞥见它的脸颊和前爪在一阵阵微微发抖。它肯定没有睡着，大概在忍着疼痛。老裘里看着、看着，忽然觉得自己对菲菲一点也不艳羡、不钦慕，同时也不感到自卑了。它想，菲菲并不比自己强多少，它不过是一条狗、一条狗而已。由此看来，它自己比菲菲还要强上一些呢！

第三章

—四季有美—

起始如春，承续似夏，转变若秋，合拢为冬。合在一起，不正是地球生命完整的一轮？为此，天地间一切生命全都依从着这一拍节，无论岁岁枯荣与生死的花草百虫，还是长命百岁的漫漫人生。

逼来的春天

那时，大地依然一派毫无松动的严冬景象，土地梆硬，树枝全抽搐着，害病似的打着冷战；雀儿们晒太阳时，羽毛奓开好像绒球，紧挤一起，彼此借着体温。你呢，面颊和耳朵边儿像要冻裂那样的疼痛……然而，你那冻得通红的鼻尖，迎着凛冽的风，却忽然闻到了春天的气味!

春天最先是闻到的。

这是一种什么气味？它令你一阵惊喜，一阵激动，一下子找到了明天也找到了昨天——那充满诱惑的明天和同样季节、同样感觉却流逝难返的昨天。可是，当你用力再去吸吮这空气时，这气味竟又没了！你放眼这死气沉沉冻结的世界，准会怀疑它不过是瞬间的错觉罢了，春天还被远远隔绝在地平线之外吧?

但最先来到人间的春意，总是被雄踞大地的严冬所拒绝、所稀释、所泯灭。正因为这样，每逢这春之将至的日子，人们会格外的兴奋、敏感和好奇。

如果你有这样的机会多好——天天来到这小湖边，你就能亲眼看到冬天究竟怎样退去，春天怎样到来，大自然究竟怎样完成这一年一度起死回生的最奇妙和最伟大的过渡。

但开始时，每瞧它一眼，都会换来绝望。这小湖干脆就是整整一块巨大无比的冰，牢牢实实，坚不可摧；它一直冻到湖底了吧？鱼儿全死了吧？灰白色的冰面在阳光反射里光芒刺目，小鸟从不敢在这寒气逼人的冰面上站一站。

逢到好天气，一连多天的日晒，冰面某些地方会融化成水，别以为春天就从这里开始。忽然一夜寒飙过去，转日又冻结成冰，恢复了那严酷肃杀的景象。若是风雪交加，冰面再盖上一层厚厚雪被，春天真像天边的情人，愈期待愈迷茫。

然而，一天，湖面一处，一大片冰面竟像沉船那样陷落下去，破碎的冰片斜插水里，好像出了什么事！这除非是用重物砸开的，可什么人、又为什么要这样做呢？但除此之外，并没发现任何异常的细节。那么你从这冰面无缘无故的坍塌中是否隐隐感到了什么……刚刚从裂开的冰洞里露出的湖水，漆黑又明亮，使你想起一双因为爱你而无限深邃又脉脉的眼睛。

这坍塌的冰洞是个奇迹，尽管寒潮来临，水面重新结冰，但在白日阳光的照耀下又很快地融化和洞开。冬的伤口难以愈合。冬的黑子出现了。

冬天与春天的界限是瓦解。

冰的坍塌不是冬的风景，而是隐形的春所创造的第一幅壮丽的图画。

跟着，另一处湖面，冰层又坍塌下去。一个、两个、三个……随后湖面中间闪现一条长长的裂痕，不等你确认它的原因和走向，居然又发现几条粗壮的裂痕从斜刺里交叉过来。开始这些裂痕发白，渐渐变黑，这表明裂痕里已经浸进湖水。某一天，你来到湖边，会止不住出声地惊叫起来，巨冰已经裂开！黑黑的湖水像打开两扇沉重的大门，把一分为二的巨冰推向两旁，终于袒露出自己阔大、光滑而迷人的胸膛……

这期间，你应该在岸边多待些时候。你就会发现，这漆黑而依旧冰冷的湖水泛起的涟漪，柔软又轻灵，与冬日的寒浪全然两样了。那些仍然覆盖湖面的冰层，不再光芒夺目，它们黯淡、晦涩、粗糙和发脏，表面一块块凹下去。有时，忽然“咔嚓”清脆地一响，跟着某一处，断裂的冰块应声漂移而去……尤其动人的，是那些在冰层下憋闷了长长一冬的大鱼，它们时而激情难耐，猛地蹦出水面，在阳光下银光闪烁打个“挺儿”，“哗啦”落入水中。你会深深感到，春天不是由远方来到眼前，不是由天外来到人间；它原是深藏在万物的生命之中的，它是从生命深处爆发出来的，它是生的欲望、生的能源与生的激情。它永远是死亡的背面。唯此，春天才是不可遏止的。它把酷烈的严冬作为自己的序曲，不管这序曲多么漫长。

追逐着凛冽的朔风的尾巴，总是明媚的春光；所有冻凝的冰的核儿，都是一滴春天的露珠。那封闭大地的白雪下边是什么？你挥动大帚，扫去白雪，一准是连天的醉人的绿意……

你眼前终于出现这般景象：宽展的湖面上到处浮动着大大小小的冰块。这些冬的残骸被解脱出来的湖水戏弄着，今儿推到湖这边儿，明日又推到湖那边儿。早来的候鸟常常一群群落在浮冰上，像乘载游船，欣赏着日渐稀薄的冬意。这些浮冰不会马上消失，有时还会给一场春寒冻结在一起，霸道地凌驾湖上，重温昔日威严的梦。然而，春天的湖水既自信又有耐性，有信心才有耐性。它在这浮冰四周，扬起小小的浪头，好似许许多多温和而透明的小舌头，去舔弄着这些渐软渐松渐小的冰块……最后，整个湖中只剩下一块肥皂大小的冰片片了，湖水反而不急于吞没它，而是把它托举在浪波之上，摇摇晃晃，一起一伏，展示着严冬最终的悲哀、无助和无可奈何……终于，它消失了。冬，顿时也消失于天地间。这时你会发现，湖水并不黝黑，而是湛蓝湛蓝的。它和天空一样的颜色。

天空是永远宁静的湖水，湖水是永难平静的天空。

春天一旦跨到地平线这边来，大地便换了一番风景，明朗又朦胧。它日日夜夜散发着一种气息，就像青年人身体散发出的气息。清新、充沛、诱惑而撩人，这是生命本身的气息。大地的肌肤——泥土，松软而柔和；树枝再不抽搐，软软地在空中自由舒展，那纤细的枝梢无风时也颤悠悠地摇动，招呼着一个万物萌芽的季节的到来。小鸟们不必再奓开羽毛，个个变得光溜精灵，在高天上扇动阳光飞翔……湖水因为春潮涨满，仿佛与天更近；静静的云，说不清在天上还是在水里……湖边，湿漉漉的泥滩上，那些东倒西歪的去年的枯苇棵里，一些鲜绿夺目、又尖又硬的苇芽，破土而出，愈看愈多，有的地方竟已簇密成片了。你真惊奇！在这之前，它们竟逃过你细心的留意，一旦发现即已充满咄咄的生气了！难道这是一夜春风、一阵春雨或一日春晒，便齐刷刷钻出地面？来得又何其神速！这分明预示着，大自然囚禁了整整一冬的生命，要重新开始新的一轮竞争了。而它们，这些碧绿的针尖一般的苇芽，不仅叫你看到了崭新的生命，还叫你深刻地感受到生命的锐气、坚韧、迫切，还有生命和春的必然。

维也纳春天的三个画面

你一听到青春少女这几个字，是不是立刻想到纯洁、美丽、天真和朝气？如果是这样你就错了！你对青春的印象只是一种未做深入体验的大略的概念而已。青春，它是包含着不同阶段的异常丰富的生命过程。一个女孩子的十四岁、十六岁、十八岁——无论她外在的给人的感觉，还是内在的自我感觉，都绝不相同。就像春天，它的三月、四月和五月是完全不同的三个画面。你能从自己对春天的记忆里找出三个画面吗？

我有这三个画面。它不是来自我的故乡故土，而是在遥远的维也纳三次旅行中的画面定格，它们可绝非一般！在这个用音乐来召唤和描述春天的城市里，春天来得特别充分、特别细致、特别蓬勃，甚至特别震撼。我先说五月，再说三月，最后说四月，它们各有一次叫我的心灵感到过震动，并留下一个永远具有震撼力的画面。

五月的维也纳，到处花团锦簇，春意正浓。我到城市远郊的山顶上游玩，当晚被山上热情的朋友留下，住在一间简朴的乡村木屋里，窗子也是厚厚的木板。睡觉前我故意不关严窗子，好闻到外边森林的气味，这样一整夜就像睡在大森林里。转天醒来时，屋内竟大亮，谁打开的窗子？正诧异着，忽见窗前一束艳红艳红的玫瑰。谁放在那里的？走过去一看，呀，我怔住了，原来夜间窗外新生的一枝缀满花朵的红玫瑰，趁我熟睡时，一点点将窗子顶开，伸进屋来！它沾满露水，喷溢浓香，光彩照人。它怕吵醒我，竟然悄无声息地又如此辉煌地进来了！你说，世界上还有哪一个春天的画面更能如此震动人心？

那么，三月的维也纳呢？

这季节的维也纳一片空蒙。阳光还没有除净残雪，绿色显得分外吝啬。我在多瑙河边散步，从河口那边吹来的凉滋滋的风，偶尔会感到一点春的气息。此时的季节，就凭着这些许的春的泄露，给人以无限期望。我无意中扭头一瞥，看见了一个无论多么富于想象力的人也难以想象得出的画面——

几个姑娘站在岸边，她们正在一齐向着河口那边伸长脖颈，眯缝着眼，噘着芬芳的小嘴，亲吻着从河面上吹来的捎来春天的风！她们做得那么投入、倾心、陶醉、神圣，风把她们的头发、围巾和长长衣裙吹向斜后方，波浪似的飘动着。远看就像一件伟大的雕塑。这简直就是那些为人们带来春天的仙女啊！谁能想到用心灵的吻去迎接春天？你说，还有哪个春天的画面，比这更迷人、更诗意、更浪漫、更震撼？

我心中的画廊里，已经挂着维也纳三月和五月两幅春天的图画。这次恰好在四月里再次访维也纳，我暗下决心，无论如何也要找到属于四月这季节的同样强烈动人的春天杰作。

开头几天，四月的维也纳真令我失望。此时的春天似乎只是绿色连着绿色。大片大片的草地上，没有五月那无所不在的明媚的小花。没有花的绿地是寂寞的。我对驾着车一同外出的留学生小吕说："四月的维也纳可真乏味！绿色到处泛滥，见不到花儿，下次再来非躲开四月不可！"

小吕听了，就把车子停住，叫我下车，把我领到路边一片非常开阔的草地上，然后让我蹲下来扒开草好好看看。我用手拨开草一看，大吃一惊：原来青草下边藏了满满一层花儿，白的、黄的、紫的，纯洁、娇小、鲜亮，这么多、这么密、这么辽阔！它们比青草只矮几厘米，躲在草下边，好像只要一努劲，就会齐刷刷地全冒出来……

"得要多少天才能冒出来？"我问。

"也许过几天，也许就在明天。"小吕笑道，"四月的维也纳可说不准，一天换一个样儿。"

可是，当夜冷风冷雨，接连几天时下时停，太阳一直没露面儿。我很快就要离开这里去意大利了，便对小吕说："这次看不到草地上那些花儿了，真有点遗憾呢，我想它们刚冒出来时肯定很壮观。"

小吕驾着车没说话，大概也有些怏怏然吧。外边毛毛雨点把车窗遮得像拉了一道纱帘。可车子开出去十几分钟，小吕忽对我说：“你看窗外——”隔过雨窗，看不清外边，但窗外的颜色明显地变了：白色、黄色、紫色，在窗上流动。小吕停了车，手伸过来，一推我这边的车门，未等我弄明白是怎么回事，便说：“去看吧——你的花！”

迎着细密的、凉凉地吹在我脸上的雨点，我看到的竟是一片花的原野。这正是前几天那片千千万万朵花儿藏身的草地，此刻一下子全冒出来，顿时改天换地，整个世界铺满全新的色彩。虽然远处大片大片的花已经与蒙蒙细雨融在一起，低头却能清晰看到每一朵小花，在冷雨中都像英雄那样傲然挺立，明亮夺目，神气十足。我惊奇地想：它们为什么不是在温暖的阳光下冒出来，偏偏在冷风冷雨中拔地而起？小小的花居然有此气魄！四月的维也纳忽然叫我明白了生命的意味是什么，是——勇气！

这两个普通又非凡的字眼，又一次叫我怦然感到心头一震。这一震，便使眼前的景象定格，成为四月春天独有的壮丽的图画，并终于被我找到了。

拥有了这三幅画面，我自信拥有了春天，也懂得了春天。

苦夏

这一日，终于撂下扇子。来自天上干燥清爽的风，忽吹得我衣袂飞举，并从袖口和裤管钻进来，在周身滑溜溜地抚动。我惊讶地看着阳光下依旧夺目的风景，不明白数日前那个酷烈非常的夏天突然到哪里去了。

是我逃遁似的一步跳出了夏天，还是它就像一九七六年的“文革”那样——在一夜之间崩溃？

身居北方的人最大的福分，便是能感受到大自然的四季分明。我特别能理解一位新加坡朋友，每年冬天要到中国北方住上十天半个月，否则会一年里周身不适。好像不经过一次冷处理，他的身体就会发酵。他生在新加坡，祖籍中国河北；虽然人在“终年都是夏”的新加坡长大，血液里肯定还执着地潜藏着大自然四季的节奏。

四季是来自于宇宙的最大的拍节。在每一个拍节里，大地的景观便全然变换与更新。四季还赋予地球以诗，故而悟性极强的中国人，在四言绝句中确立的法则是：起，承，转，合。这四个字恰恰就是四季的本质。起始如春，承续似夏，转变若秋，合拢为冬。合在一起，不正是地球生命完整的一轮？为此，天地间一切生命全都依从着这一拍节，无论岁岁枯荣与生死的花草百虫，还是长命百岁的漫漫人生。然而在这生命的四季里，最壮美和最热烈的不是这长长的夏吗？

女人们孩提时的记忆散布在四季，男人们的童年往事大多是在夏天里。这由于，我们儿时的伴侣总是各种各样的昆虫：蜻蜓、天牛、蚂蚱、螳螂、蝴蝶、蝉、蚂蚁、蚯蚓，此外还有青蛙和鱼儿。它们都是夏日生活的主角。每种昆虫都给我们带来无穷的快乐。甚至我对家人和朋友们记忆最深刻的细节，也都与昆虫有关。比如妹妹一见到壁虎就发出一种特别恐怖的尖叫，比如邻家那个斜眼的男孩子专门残害蜻蜓，比如同班一个最好看的女生头上花形的发卡，总招来蝴蝶落在上边；再比如，父亲睡在铺了凉席的地板上，夜里翻身居然压死了一只蝎子。这不可思议的事使我感到父亲的无比强大。后来父亲挨斗，挨整，写检查；我劝慰和宽解他，怕他自杀，替他写检查——那是我最初写作的内容之一。这时候父亲那种强大感便不复存在。生活中的一切事物，包括夏天的意味全都发生了变化。

在快乐的童年里，根本不会感到蒸笼般夏天的难耐与难熬。唯有在此后艰难的人生里，才体会到苦夏的滋味。快乐把时光缩短，苦难把岁月拉长，一如这长长的仿佛没有尽头的苦夏。但我至今不喜欢谈自己往日的苦楚与磨砺。相反，我却从中领悟到“苦”字的分量。苦，原是生活中的蜜。人生的一切收获都压在这沉甸甸的

“苦”字的下边。然而一半的“苦”字下边又是一无所有。你用尽平生的力气，最终所获与初始时的愿望竟然去之千里。你该怎么想？

于是我懂得了这苦夏——它不是无尽头的暑热的折磨，而是我们顶着毒日头默默又坚忍的苦斗的本身。人生的力量全是对手给的，那就是要把对手的压力吸入自己的骨头里。强者之力最主要的是承受力。只有在匪夷所思的承受中才会感到自己属于强者，也许为此，我的写作一大半是在夏季。很多作家，包括普希金，不都是在爽朗而惬意的秋天里开花结果？我却每每进入炎热的夏季，反而写作力加倍地旺盛。我想，这一定是那些沉重的人生的苦夏，锻造出我这个反常的性格习惯。我太熟悉那种写作久了，汗湿的胳膊粘在书桌玻璃上的美妙无比的感觉。

在维瓦尔第的《四季》中，我常常只听“夏”的一章。它使我激动，胜过春之蓬发、秋之灿烂、冬之静穆。友人说“夏”的一章，极尽华丽之美。我说我从中感受到的，却是夏的苦涩与艰辛，甚至还有一点儿悲壮。友人说，我在这音乐情境里已经放进去太多自己的故事。我点点头，并告诉他我的音乐体验。音乐的最高境界是超越听觉：不只是它给你，更是你给它。

年年夏日，我都会这样体验一次夏的意义，从而激情迸发，心境昂然。一手撑着滚烫的酷暑，一手写下许多文字来。

今年我还发现，这伏夏不是被秋风吹去的，更不是给我们的扇子轰走的——

夏天是被它自己融化掉的。

因为，夏天的最后一刻，总是它酷热的极致。我明白了，它是耗尽自己的一切，才显示出夏的无边的威力的。生命的快乐是能量淋漓尽致地发挥。但谁能像它这样，用一种自焚的形式，创造出这火一样辉煌的顶点?

于是，我充满了夏之崇拜！我要一连跨过眼前的辽阔的秋、悠长的冬和遥远的春，再一次邂逅你，我精神的无上境界——苦夏！

秋天的音乐

你每次上路出远门千万别忘记带上音乐，只要耳朵里有音乐，你一路上对景物的感受就全然变了。它不再是远远待在那里、无动于衷的样子，在音乐撩拨你心灵的同时，也把窗外的景物调弄得易感而动情。你被种种旋律和音响唤起的丰富的内心情绪，这些景物也全部神会地感应到了，它还随着你的情绪奇妙地进行自我再造。你振作它雄浑，你宁静它温存，你伤感它忧患，也许同时还给你加上一点人生甜蜜的慰藉，这是真正知友心神相融的交谈……河湾、山脚、烟光、云影、一草一木，所有细节都浓浓浸透你随同音乐而流动的情感，甚至它一切都在为你变形，一幅幅不断变换地呈现出你心灵深处的画面。它使你一下子看到了久藏心底那些不具体、不成形、朦胧模糊或被时间湮没了的感受，于是你更深深坠入被感动的旋涡里，享受这画面、音乐和自己灵魂三者融为一体的特殊感受……

秋天十月，我松松垮垮套上一件粗线毛衣，背个大挎包，去往东北最北部的大兴安岭。赶往火车站的路上，忽然发觉只带了录音机，却把音乐磁带忘记在家，恰巧路过一个朋友的住处，他是音乐迷，便跑进去向他借。他给我一盘说是新翻录的，都是“背景音乐”。我问他这是什么曲子，他怔了怔，看我一眼说：“秋天的音乐。”

他多半随意一说，搪塞我。这曲名，也许是他看到我被秋风吹得松散飘扬的头发，灵机一动得来的。

火车一出山海关，我便戴上耳机听起这秋天的音乐。开端的旋律似乎熟悉，没等我怀疑它是不是真正地描述秋天，下巴发懒地一蹭粗软的毛衣领口，两只手搓一搓，让干燥的凉手背给湿润的热手心舒服地摩擦摩擦，整个身心就进入秋天才有的一种异样温暖甜醉的感受里了。

我把脸颊贴在窗玻璃上，挺凉，带着享受的渴望往车窗外望去，秋天的大自然展开一片辉煌灿烂的景象。阳光像钢琴明亮的音色洒在这收割过的田野上，整个大地像生过婴儿的母亲，幸福地舒展在开阔的晴空下，躺着，丰满而柔韧的躯体！从麦茬里裸露出的浓厚的红褐色是大地母亲健壮的肤色；所有树林都在炎夏的竞争中把自己的精力膨胀到头，此刻自在自如地伸展它优美的枝条；所有金色的叶子都是它的果实，一任秋风翻动，煌煌夸耀着秋天的富有。真正的富有感，是属于创造者的；真正的创造者，才有这种潇洒而悠然的风度……一只鸟儿随着一个轻扬的小提琴旋律腾空飞起，它把我引向无穷纯净的天空。任何情绪一入天空便化作一片博大的安寂。这愈看愈大的天空有如伟大哲人恢宏的头颅，白云是他的思想。有时风云交汇，会闪出一道智慧的灵光，响起一句警示世人的哲理。此时，哲人也累了，沉浸在秋天的松弛里。他高远，平和，神秘无限。大大小小、松松散散的云彩是他思想的片断，而片断才是最美的，无论思想还是情感……这千形万状精美的片断伴同空灵的音响，在我眼前流过，还在阳光里洁白耀眼。那乘着小提琴旋律的鸟儿一直钻向云天，愈高愈小，最后变成一个极小的黑点儿，忽然“噗”地扎入一个巨大、蓬松、发亮的云团……

我陡然想起一句话：“我一扑向你，就感到无限温柔呵。”

我还想起我的一句话：“我睡在你的梦里。”

那是一个清明的早晨，在实实在在酣睡一夜后醒来时，正好看见枕旁你朦胧的、散发着香气的脸说的。你笑了，就像荷塘里、雨里、雾里悄然张开的一朵淡淡的花。

接下去的温情和弦，带来一片疏淡的田园风景。秋天消解了大地的绿，用它中性的调子，把一切色泽调匀。和谐又高贵，平稳又舒畅，只有收获过了的秋天才能这样静谧安详。几座闪闪发光的麦秸垛，一缕银蓝色半透明的炊烟，这儿一棵那儿一棵怡然自得站在平原上的树，这儿一只那儿一只慢吞吞吃草的杂色的牛。在弦乐的烘托中，我心底渐渐浮起一张又静又美的脸。我曾经用吻，像画家用笔那样勾勒过这张脸：轮廓、眉毛、眼睛、嘴唇……这样的勾画异常奇妙，无形却深刻地记住。你嘴角的小涡、颤动的睫毛、鼓脑门和尖俏下巴上那极小而光洁的平面……近景从眼前疾掠而过，远景跟着我缓缓向前，大地像唱片慢慢旋转，耳朵里不绝地响着这曲人间牧歌。

一株垂死的老树一点点走进这巨大唱片的中间来。它的根像唱针，在大自然深处划出一支忧伤的曲调。心中的光线和风景的光线一同转暗，即使一湾河水强烈的反光，也清冷，也刺目，也凄凉。一切阴影都化为行将垂暮的秋天的愁绪；萧疏的万物失去往日共荣的激情，各自挽着生命的孤单；篱笆后一朵迟开的小葵花，像你告别时在人群中伸出的最后一次招手，跟着被轰隆隆前奔的列车甩到后边……春的萌动、战栗、骚乱，夏的喧闹、蓬勃、繁华，全都销匿而去，无可挽回。不管它曾经怎样辉煌，怎样骄傲，怎样光芒四射，怎样自豪地挥霍自己的精力与才华，毕竟过往不复。人生是一次性的。生命以时间为载体，这就决定人类以死亡为结局的必然悲剧。谁能把昨天和前天追回来，哪怕再经受一次痛苦的诀别也是幸福，还有那做过许多傻事的童年，年轻的母亲和初恋的梦，都与这老了的秋天去之遥远了。一种浓重的忧伤混同音乐漫无边际地散开，渲染着满目风光。我忽然想喊，想叫这列车停住，倒回去！

突然，一条大道纵向冲出去，黄昏中它闪闪发光，如同一支号角嘹亮吹响，声音唤来一大片拔地而起的森林，像一支金灿灿的铜管乐队，奏着庄严的乐曲走进视野。来不及分清这是音乐还是画面变换的缘故，心境陡然一变，刚刚的忧愁一扫而光。当浓林深处一棵棵依然葱绿的幼树晃过，我忽然醒悟，秋天的凋谢全是假象！

它不过在寒飙来临之前把生命掩藏起来，把绿意埋在地下，在冬日的雪被下积蓄与浓缩，等待下一个春天里，再一次加倍地挥洒与铺张！远远的山坡上，坟茔在夕照里像一堆火，神奇又神秘，它那里埋葬的是一具尸体或一个孤魂？既然每个生命都在创造了另一个生命后离去，什么叫作死亡？死亡，不仅仅是一种生命的转换、旋律的变化、画面的更迭吗？那么世间还有什么比死亡更庄严、更神圣、更迷人！为了再生而奉献自己的伟大的死亡啊……

秋天的音乐已如圣殿的声音，这壮美崇高的轰响，把我全部身心都裹住、都净化了。我惊奇地感觉自己像玻璃一样透明。

这时，忽见对面坐着两位老人，正在亲密交谈。残阳把他俩的脸晒得好红，条条皱纹都像画上去的那么清楚。人生的秋天！他们把自己的青春年华、所有精力为这世界付出，连同头发里的色素也将耗尽，那满头银丝不是人间最值得珍惜的吗？我瞧着他俩相互凑近、轻轻谈话的样子，不觉生出满心的爱来，真想对他俩说些美好的话。我摘下耳机，未及开口，却听他们正议论关于单位里上级和下级的事，哪个连着哪个，哪个与哪个明争暗斗，哪个可靠和哪个更不可靠，哪个是后患而必须……我惊呆了，以致再不能听下去，赶快重新戴上耳机，打开音乐，再听，再放眼窗外的景物。奇怪！这一次，秋天的音乐，那些感觉，全没了。

“艺术原本是欺骗人生的。”

在我返回家，把这盘录音带送还给我那朋友时，把这话告诉他。

他不知道我为何得到这样的结论，我也不知道他为何对我说：“艺术其实是安慰人生的。”

冬日絮语

每每到了冬日，才能实实在在触摸到岁月。年是冬日中间的分界。有了这分界，便在年前感到岁月一天天变短，直到残剩无多！过了年忽然又有大把的日子，成了时光的富翁，一下子真的大有可为了。

岁月是用时光来计算的。那么时光又在哪里？在钟表上，日历上，还是行走在窗前的阳光里？

窗子是房屋最迷人的镜框。节候变换着镜框里的风景。冬意最浓的那些天，屋里的热气和窗外的阳光一起努力，将冻结在玻璃上的冰雪融化；它总是先从中间化开，向四边蔓延。透过这美妙的冰洞，我发现原来严冬的世界才是最明亮的。那一如人的青春的盛夏，总有阴影遮翳，葱茏却幽暗。小树林又何曾有这般光明？我忽然对老人这个概念生了敬意。只有阅尽人生，脱净了生命年华的叶子，才会有眼前这小树林一般明彻。只有这彻底的通彻，才能有此无边的安宁。安宁不是安寐，而是一种博大而丰实的自享。世中唯有创造者所拥有的自享才是人生真正的幸福。

朋友送来一盆“香棒”，放在我的窗台上说：“看吧，多漂亮的大叶子！”

这叶子像一只只绿色光亮的大手，伸出来，叫人欣赏。逆光中，它的叶筋舒展着舒畅又潇洒的线条。一种奇特的感觉出现了！严寒占据窗外，丰腴的春天却在我的房中怡然自得。

自从有了这盆“香棒”，我才发现我的书房竟有如此灿烂的阳光。它照进并充满每一片叶子和每一根叶梗，把它们变得像碧玉一样纯净、通亮、圣洁。我还看见绿色的汁液在通明的叶子里流动。这汁液就是血液。人的血液是鲜红的，植物的血液是碧绿的，心灵的血液是透明的，因为世界的纯洁来自于心灵的透明。但是为什么我们每个人都说自己纯洁，而整个世界却仍旧一片混沌呢？

我还发现，这光亮的叶子并不是为了表示自己的存在，而是为了证实阳光的明媚、阳光的魅力、阳光的神奇。任何事物都同时证实着另一个事物的存在。伟大的出现说明庸人的无所不在；分离愈远的情人，愈显示了他们的心丝毫没有分离；小人的恶言恶语不恰好表达你的高不可攀和无法企及吗？而骗子无法从你身上骗走的，正是你那无比珍贵的单纯。老人的生命愈来愈短，还是他生命的道路愈来愈长？生命的计量，在于它的长度，还是宽度与深度？

冬日里，太阳的轨道变得又斜又低。夏天里，阳光的双足最多只是站在我的窗台上，现在却长驱直入，直射在我北面的墙壁上。一尊唐代的木佛一直伫立在阴影里沉思，此刻迎着一束光芒无声地微笑了。

阳光还要充满我的世界，它化为闪闪烁烁的光雾，朝着四周的阴暗的地方浸染。阴影又执着又调皮，阳光照到哪里，它就立刻躲到光的背后。而愈是幽暗的地方，愈能看见被阳光照得晶晶发光的游动的尘埃。这令我十分迷惑：黑暗与光明的界限究竟在哪里？黑夜与晨曦的界限呢？来自早醒的鸟的第一声啼叫吗……这叫声由于被晨露滋润而异样地清亮。

但是，有一种光可以透入幽闭的暗处，那便是从音箱里散发出来的闪光的琴音。鲁宾斯坦的手不是在弹琴，而是在摸索你的心灵；他还用手思索，用手感应，用手触动色彩，用手试探生命世界最敏感的悟性……琴音是不同的亮色，它们像明明灭灭、强强弱弱的光束，散布在空间！那些旋律片段好似一些金色的鸟，扇着翅膀，飞进布满阴影的地方。有时，它会在一阵轰响里，关闭了整个地球上的灯或者创造出一个辉煌夺目的太阳。我便在一张寄给远方的失意朋友的新年贺卡上，写了一句话：

你想得到的一切安慰都在音乐里。

冬日里最令人莫解的还是天空。

盛夏里，有时乌云四合，那即将被峥嵘的云吞没的最后一块蓝天，好似天空的一个洞，无穷地深远。而现在整个天空全成了这样，在你头顶上无边无际地展开！空阔、高远、清澈、庄严！除去少有的飘雪的日子，大多数时间连一点点云丝也没有，鸟儿也不敢飞上去，这不仅由于它冷冽寥廓，更是因为它大得……大得叫你一仰起头就感到自己的渺小。只有在夜间，寒空中才有星星闪烁。这星星是宇宙间点灯的驿站。万古以来，是谁不停歇地从一个驿站奔向下一个驿站？为谁送信？为了宇宙间那一桩永恒的爱吗？

我注视着冬天在大地上的脚步，看看它究竟怎样一步步、沿着哪个方向一直走到春天。

绵山奇观记

凡是名山，必有奇观。何谓奇观，天下罕见之神奇者也。那么，深藏在三晋腹地的绵山呢？

绵山以寒食清明节的发源地闻名于世。也许是寒食清明的名气太大，遮掩了它种种的神奇。今年清明时节，我去到绵山拜谒大情大义的介子推墓，进山一看，吃了一惊，绵山竟藏龙卧虎有此绝世的奇观！

归来与友人侃一侃绵山的见闻。友人便给我出了一道题：“你能给绵山的神奇起个名目吗？”我说：“至少三大奇观。”友人说：“说说看，哪三样奇观？不过，每一样必能称奇于天下，方可谓之奇观。”我听罢笑而道来——

第一样是宗教奇观：包骨真身。

早听说古代高僧修成正果，圆寂之后，身体不坏，僧人们便请来彩塑工匠，以泥土包其身，依其容塑其形，人称包骨真身像。佛教中，高僧尸体火化后米粒状的凝结物，称作舍利，被视作勤修得来功德的成果与标志。而这种圆寂后身体不坏的高僧更具这样的意义，因有“全身舍利”一说。全身舍利十分罕见，佛教有把全身舍利制成造像来供奉的习俗。此地人称之为包骨真身像。一般的佛像都是用泥土草木塑造的，而把全身舍利置于其中的包骨真身像则蕴藏着高僧们的追求与精神，自然对敬奉者有一种震撼力和影响力。要有怎样坚定的意志和信念，才能成就这样的正果?

所有包骨真身都是古代留下来的。如今不再有了，故极其珍罕。然而，谁会想到绵山上竟还有十六尊之多！大都完好地保存在山中。

在古代绵山，修炼一生的高僧，自知大限将至，便由一根铁索攀至山顶，或通过一个临时搭架的木梯爬到悬崖绝壁上天然的洞穴里，停食净身，结跏趺坐，瞑目凝神，安然真寂。据说只有真正修成的高僧才能肉身不腐。其中还有四位道士，也是同样的苦修而成者。由于躯体风干后收缩，体量显得比常人略小，其神气却栩栩如生。三晋彩塑艺人的技术真是高超绝伦，居然把每一位“包塑真容”者的个性都传达出来。有的仁慈和善，有的忧患悲悯，有的明彻空灵，有的沉静淡定。他们大多是唐宋金元几代的高僧与道人，至今最少也有七八百年甚至上千年！岁月太长，泥皮破裂，里边露出衣袍，那位宋代高僧师显的手指甲和脚筋也能清晰地看到呢！历史赤裸裸和千真万确地呈现在眼前。一种坚韧追求的精神得到见证，令人敬佩。当今世上有几个地方还能见到这样的宗教奇观?

再一样是山水的奇观。

先说山。绵山以石为骨骼，土为血肉，树为衣衫。山多巨岩，往往直立百丈，巍然博大，颇为壮观。最奇特的是这些巨岩的半腰或下部，常常向内深凹进去，有如大汉吸腹，深邃如洞。里边既宁静又安全，无风无雨，冬暖夏凉。绵山里这种内凹的岩洞随处可见，最大的要算是云峰寺山的抱腹岩，中间竟然凹进去五六十米，高五六十米，宽竟达二百米！我此次到绵山已是春暖花开，岩腹内冬天里冻结的冰竟然依旧坚硬不化。古人早就看上这大自然神奇的恩赐，便在这巨大而幽深的岩腹里建庙筑寺。自三国以降，历代修建的庙宇层层叠叠，高低错落，优美异常。年年逢到庙会，来朝拜的香客多达万人。一时香烟缭绕，溢满岩腹。这样的奇观何处之有?

绵山的山奇水亦奇。

原以为绵山多石，水必定少。山里的人却告诉我一句不可思议的话："绵山山有多高，水有多高。"待我山上山下留心察看，竟然真的如此。不单溪水在谷底奔流，就连近两千米的龙脊岭和李姑岩的极顶也可以见到泉水从石缝里涓涓冒出。奇怪的是，这些水好似从石头里溢出来的。有的像雨水一样滴滴答答落下来，有的汇成细流沿着石壁蜿蜒而下，有的从岩石里渗到表面，湿漉漉地洇成一片。难道绵山的石头里都是水——就像古人所说，好的石头都是"负土胎泉"？

绵山最神奇的水莫过于圣乳泉。

圣乳泉在一块巨大的石壁上，但不是挂在石壁之上，而是从岩石的裂缝或洞眼里一点点淌出来的。时间太久，渐成石乳，饱满地隆起在岩壁上。这泉水便沿着圆圆的石乳头亮晶晶地滴下。

关于圣乳泉的传说，与寒食节有关。据说那位春秋时的晋国大臣介子推搀扶母亲避火来到这里，一时口渴难忍，正巧绵山的五龙圣母路经此地，解开衣襟以乳水相救。但是火太大了，把圣母的双乳烧成石乳，五龙圣母就把石乳留在这里，以帮助山中口渴的人。人们感激圣母，称之为圣乳泉或母奶泉。据说这圣乳慈爱有灵，每一百年会再生出一对石乳来。从春秋至今两千五百年，岩壁上大大小小的石乳已生出二十五对。大的如枕头，小的似南瓜，而且全都是对对成双，酷似妇女的双乳。如果饮一口这圣乳滴下的泉水，还真的甘甜清冽、沁人心脾！

传说的圣乳是一种理想，现实的石乳却更奇异。所有石乳都长满厚厚的生气盈盈的绿苔，好似毛茸茸翠绿色的乳罩。有时上边还生出一种紫色小花，娇艳可爱。

这美丽而神奇的圣乳不是绵山独有的奇观吗？

更加惊心动魄的绵山奇观是——挂祥铃。这原本在唐代是一种祈雨谢佛的法事活动，渐渐已演化为绵山一带的民间习俗。

绵山的挂祥铃在抱腹岩的空王寺。人们在寺中拜求空王佛许愿或还愿之后，便请专事挂铃的艺人上山，将一只水罐大小的铜铃挂在岩腹上方陡峭的岩壁上。

挂铃之举十分惊险。艺人先要爬到山顶，将一条绳索系在松树上，然后扯住绳索一点点降落下来，直至岩腹上方，遂以绳荡身，直到贴附岩壁，再把铜铃牢牢挂在洞口上方的岩壁上。整个过程令人心惊胆战。艺人只身悬吊，下临无地，全凭一根绳索，需要非凡的胆量与技能，是不是非此不能表达对佛的虔敬？故而，每每将铜铃挂好，随即燃放红鞭一挂，以庆事成，亦报吉祥。

挂祥铃这个古俗为绵山人所喜爱，千年不绝。如今抱腹岩洞口挂着的铜铃密密麻麻一片，山风吹来，铃声叮当，清脆悠远，与下边寺庙中的钟鼓和梵乐合奏成乐，悦耳亦悦心。此情此景此民俗，何处还有？

友人听我讲到这里，已然目瞪口呆。他的眼神似在问我还有什么奇观。

我说，山里的人们陪我登上龙脊岭时，遥指远处叫我看。只见起伏的山影宛如蓝色波涛，重重叠叠；其中几个峰巅，似有小屋。他们说，那山顶上近一处叫草庵，远一处叫茅庵，都是古庙，由于山高路远，没人去过。那儿有何奇人奇物奇事奇观，尚不可知。我所见到的绵山奇观，不过是厚厚的一本书前边的几十页而已。

黄山绝壁松

黄山以石奇云奇松奇名天下。然而登上黄山，给我以震动的是黄山松。

黄山之松布满黄山。由深深的山谷至大大小小的山顶，无处无松。可是我说的松只是山上的松。

山上有名气的松树颇多。如迎客松、望客松、黑虎松、连理松等，都是游客们争相拍照的对象。但我说的不是这些名松，而是那些生在极顶和绝壁上不知名的野松。

黄山全是石峰。裸露的巨石侧立千仞，光秃秃没有土壤，尤其那些极高的地方，天寒风疾，草木不生，苍鹰也不去那里，一棵棵松树却破石而出，伸展着优美而碧绿的长臂，显示其独具的气质。世人赞叹它们独绝的姿容，很少去想在终年的烈日下或寒飙中，它们是怎样存活和生长的。

一位本地人告诉我，这些生长在石缝里的松树，根部能够分泌一种酸性的物质，腐蚀石头的表面，使其化为养分被自己吸收。为了从石头里寻觅生机，也为了牢牢抓住绝壁，以抵抗不期而至的狂风的撕扯与摧折，它们的根日日夜夜与石头搏斗着，最终不可思议地穿入坚如钢铁的石体。细心便能看到，这些松根在生长和壮大时常常把石头从中挣裂！还有什么树木有如此顽强的生命力？

我在迎客松后边的山崖上仰望一处绝壁，看到一条长长的石缝里生着一株幼小的松树。它高不及一米，却旺盛而又有活力。显然曾有一颗松籽飞落到这里，在这冰冷的石缝间，什么养料也没有，它却奇迹般生根发芽，生长起来。如此幼小的树也能这般顽强？这力量是来自物种本身，还是在一代代松树坎坷的命运中磨砺出来的？我想，一定是后者。我发现，山上之松与山下之松绝不一样。那些密密实实拥挤在温暖的山谷中的松树，干直枝肥，针叶鲜碧，慵懒而富态；而这些山顶上的绝壁松却是枝干瘦硬，树叶黑绿，矫健又强悍。这绝壁之松是被恶劣与凶险的环境强化出来的。它遒劲和富于弹性的树干，是长期与风雨搏斗的结果；它远远地伸出的枝叶是为了更多地吸取阳光……这一代代艰辛的生存记忆，已经化为一种个性的基因，潜入绝壁松的骨头里。为此，它们才有着如此非凡的性格与精神。

它们站立在所有人迹罕至的地方。那些荒峰野岭的极顶，那些下临万丈的悬崖峭壁，那些凶险莫测的绝境，常常可以看到三两棵甚至只有一棵孤松，十分夺目地立在那里。它们彼此姿态各异，也神情各异，或英武，或肃穆，或孤傲，或寂寞。远远望着它们，会心生敬意；但它们——只有站在这些高不可攀的地方，才能真正看到天地的浩荡与博大。

于是，在大雪纷飞中，在夕阳残照里，在风狂雨骤间，在云烟明灭时，这些绝壁松都像一个个活着的人：像站立在船头镇定又从容地与激浪搏斗的艄公，战场上永不倒下的英雄，沉静的思想者，超逸又具风骨的文人……在一片光亮晴空的映衬下，它们的身影就如同用浓墨画上去的一样。

但是，别以为它们全像画中的松树那么漂亮。有的枝干被飓风吹折，暴露着断枝残干，但另一些枝叶仍很苍郁；有的被酷热与冰寒打败，只剩下赤裸的枯骸，却依旧尊严地挺立在绝壁之上。于是，一个强者应当有的品质——刚强、坚韧、适应、忍耐、奋取与自信，它全都具备。

现在可以说了，在黄山这些名绝天下的奇石奇云奇松中，石是山的体魄，云是山的情感，而松——绝壁之松是黄山的灵魂。

第四章

—人生有思—

青年时以为自己光阴无限，很少有时间的紧迫感。如果你正当年少，趁着时光正在煌煌而亲热地围绕着你，你就要牢牢抓住它。

哦，中学时代……

人近中年，常常懊悔青少年时由于贪玩或不明事理，滥用了许多珍贵的时光。想想我的中学时代，我可算是个名副其实的“玩将”呢！下棋、画画、打球、说相声、钓鱼、掏鸟窝等，玩的花样可多哩。

我还喜欢文学。我那时记忆力极好，虽不能“过目成诵”，但一首律诗念两遍就能吭吭巴巴背下来。也许如此，就不肯一句一字细嚼慢咽，所记住的诗歌常常不准确。

我还写诗，自己插图，这种事有时上课做。一心不能二用，便听不进老师在讲台上讲些什么了。

我的语文老师姓刘，他的古文底子颇好，要求学生分外严格，而严格的老师往往都是不留情面的。他那双富有捕捉力的目光，能发觉任何一个学生不守纪律的行动。

瞧，这一次他发现我了。不等我解释就没收了我的诗集。晚间他把我叫去，将诗集往桌上一拍，并不指责我上课写诗，而是说：“你自己看看里边有多少错？这都是不该错的地方，上课我全都讲过了！”

他的神色十分严厉，好像很生气。我不敢再说什么，拿了诗集离去。后来，我带着那么本诗集，也就是那些对文学浓浓的兴趣和经不住推敲的知识离开学校，走进社会。

社会给了我更多的知识，但我时时觉得，我离不开，甚至必须经常使用青少年时学到的知识，由此感到那知识贫薄、残缺、有限。

有时，在严厉的编辑挑出来的许许多多的错别字、病句、或误用的标点符号时，只好窘笑。一次，我写了篇文章，引了一首古诗，我自以为记性颇好，没有核对原诗，结果收到一封读者客气又认真的来信，指出错处。我知道，不是自己的记性差了，而是当初记得不认真。这时我就生出一种懊悔的心情。恨不得重新回到中学时代，回到不留情面的刘老师身边，在那个时光充裕、头脑敏捷的年岁里，纠正记忆中所有的错误，填满知识的空白处。把那些由于贪玩而荒废掉的时光，都变成学习和刻苦努力的时光。哦，中学时代，多好的时代！

当然，这是一种梦想。谁也不能回到过去。只有抓住自己的今天，自己的现在，才是最现实的。而且我还深深地认识到，青年时以为自己光阴无限，很少有时间的紧迫感。如果你正当年少，趁着时光正在煌煌而亲热地围绕着你，你就要牢牢抓住它。那么，你就有可能把这时光变成希望的一切。你如果这样做了，你长大不仅会做出一番成就，而且会成为一个真正懂得生命价值的人！

我最初的人生思索

大概是我九岁那年的晚秋，因为穿着很薄的衣服在院里跑着玩，跑得一身汗，又站在胡同口去看一个疯子，拍了风，病倒了。病得还不轻呢！面颊烧得火辣辣的，脑袋晃晃悠悠，不想吃东西，怕光，尤其受不住别人嗡嗡出声地说话……

妈妈就在外屋给我架一张床，床前的茶几上摆了几瓶味苦难吃的药，还有与其恰恰相反、挺好吃的甜点心和一些很大的梨。妈妈用手绢遮在灯罩上，嗯，真好！灯光细密的针芒再不来逼刺我的眼睛了，同时把一些奇形怪状的影子映在四壁上。为什么精神颓萎的人竟贪享一般地感到昏暗才舒服呢?

我和妈妈住的那间房有扇门通着。该入睡时，妈妈披一条薄毯来问我还难受不，想吃什么。然后，她低下身来，用她很凉的前额抵一抵我的头，那垂下来的毯边的丝穗弄得我的肩膀怪痒的。“还有点烧，谢天谢地，好多了……”她说。在半明半暗的灯光里，妈妈朦胧而温柔的脸上现出爱抚和舒心的微笑。

最后，她扶我吃了药，给我盖了被子，就回屋去睡了。只剩下我自己了。

我一时睡不着，便胡思乱想起来。总想编个故事解解闷，但脑子里乱得很，好像一团乱线，抽不出一个可以清晰地思索下去的线头。白天留下的印象搅成一团：那个疯子可笑和可怕的样子总缠着我，不想不行；还有追猫呀，大笑呀，死蜻蜓呀，然后是哥哥打我，挨骂了，呕吐了，又是挨骂；鸡蛋汤冒着热气儿……穿白大褂的那个老头，拿着一个连在耳朵上的冰凉的小铁疙瘩，一个劲儿地在我胸脯上乱摁。后来我觉得脑子完全混乱，不听使唤，便什么也不去想，渐渐感到眼皮很重，昏沉沉中，觉得茶几上几只黄色的梨特别刺眼，灯光也讨厌得很，昏暗、无聊、没用，呆呆地照着。睡觉吧，我伸手把灯闭了。

黑了！霎时间好像一切都看不见了。怎么这么安静、这么舒服呀……

跟着，月光好像刚才一直在窗外窥探，此刻从没拉严的窗帘的缝隙里钻了进来，碰在药瓶上、瓷盘上、铜门把手上，散发出淡淡发蓝的幽光。远处一家作坊的机器有节奏地响着，不一会儿也停下来了。偶尔，从很远很远的地方传来货轮的鸣笛声，声音沉闷而悠长……

灯光怎么使生活显得这么狭小，它只照亮身边；而夜，黑黑的，却顿时把天地变得如此广阔、无限深长呢？

我那个年龄并不懂得这些。思索只是简单、即时和短距离的；忧愁和烦恼还从未乘着夜静和孤独悄悄爬进我的心里。我只觉得这黑夜中的天地神秘极了，浑然一气，深不可测，浩无际涯；我呢，这么小，无依无靠，孤孤单单；这黑洞洞的世界仿佛要吞掉我似的。这时，我感到身下的床没了，屋子没了，地面也没了，四处皆空，一切都无影无踪；自己恍惚悬在天上了，躺在软绵绵的云彩上……周围那样旷阔，一片无穷无尽的透明的乌蓝色，这云也是乌蓝乌蓝的；远远近近还忽隐忽现地闪烁着星星般五光十色的亮点儿……

这天究竟有多大，它总得有个尽头呀！哪里是边？那个边的外面是什么？又有多大？再外边……难道它竟无边无际吗？相比之下，我们多么小。我们又是谁？这么活着，喘气，眨眼，我到底是谁呀！

我伸手摸摸自己的脸、鼻子、嘴唇，觉得陌生又离奇，挺怪似的……这究竟是怎么回事？

我是从哪儿来的？从前我在哪里？什么样子？我怎么成为现在这个我的？将来又怎么样？长大，像爸爸那么高，做事……再大，最后呢？老了，老了以后呢？这时我想起妈妈说过的一句话："谁都得老，都得死的。"

死？这是个多么熟悉的字眼呀！怎么以前我就从来没想过它意味着什么呢？死究竟意味着什么？像爷爷，像从前门口卖糖葫芦那个老婆婆，闭上眼，不能说话，一动不动，好似睡着了一样。可是大家哭得那么伤心。到底还是把他们埋在地下了。为什么要把他们埋起来？他们不就永远也不能说话，也不能动，永远躺在厚厚的土地下了？难道就因为他们死了吗？忽然，我感到一阵死的神秘、阴冷和可怕，觉得周身就仿佛散出凉气来。

于是，哥哥那本没皮儿的画报里脸上长毛的那个怪物出现了，跟着是白天那只死蜻蜓，随时想起来都吓人的鬼故事；跟着，胡同口的那个疯子朝我走来了……黑暗中，出现许多爷爷那样的眼睛，大大小小，紧闭着，眼皮还在鬼鬼祟祟地颤动着，好像要突然睁开，瞪起怕人的眼珠儿来……

我害怕了，已从将要入睡的懵懂中完全清醒过来了。我想——将来，我也要死的，也会被人埋在地下，这世界就不再有我了。我也就再不能像现在这样踢球呀，做游戏呀，捉蟋蟀呀，看马戏时吃那种特别酸的红果片呀……还有时去舅舅家看那个总关得严严实实的迷人的大黑柜，逗那条瘸腿狗，到那乱七八糟、杂物堆积的后院去翻找“宝贝”……而且再也不能“过年”了，那样地熬夜、拜年、放烟火、攒压岁钱；表哥把点着的鞭炮扔进鸡窝去，吓得鸡像鸟儿一样飞到半空中，乐得我喘不过气来；我们还瞒着妈妈去野坑边钓鱼，钓来一条又黄又丑的大鱼，给馋嘴的猫咪咪饱餐了一顿；下雨的晚上，和表哥躺在被窝里，看窗外打着亮闪，响着大雷……活着有多少快活的事，死了就完了。那时，表哥呢？妹妹呢？爸爸妈妈呢？他们都会死吗？他们知道吗？怎么也不害怕呀！我们能够不死吗？活着有多好！大家都好好活着，谁也不死。可是，可是不行啊……“谁都得老，都得死的。”死，这时就像拥有无限威力似的，而且严酷无情。在它面前，我那么无力，哀求也没用，大家都一样，只有顺从，听摆布，等着它最终的来临……想到这里，尤其是想到妈妈，我的心简直冷得发抖。

妈妈将来也会死吗？她比我大，会先老，先死的。她就再不能爱我了，不能像现在这样，脸挨着脸，搂我，亲我……她的笑，她的声音，她柔软而暖和的手，她整个人，在将来某一天就会一下子永远消失了吗？她会有多少话想说，却不能说，我也就永远无法听到了；她再看不见我，我的一切她也不再会知道。如果那时我有话要告诉她呢？到哪儿去找她？她也得被埋在地下吗？土地，坚硬、潮湿、冷冰冰的……我真怕极了。先是伤心、难过、流泪，而后愈想愈加心虚害怕，急得蹬起被子来。趁妈妈活着的时光，我要赶紧爱她，听她的话，不惹她生气，只做让大家和妈妈高兴的事。哪怕她还骂我，我也要爱她，快爱，多爱；我就要起来跑到她房里，紧紧搂住她……

四周黑极了，这一切太怕人了。我要拉开灯，但抓不着灯线，慌乱的手碰到茶几上的药瓶。我便失声哭叫起来：“妈妈，妈妈……”

灯忽然亮了。妈妈就站在床前。她莫名其妙地看着我：“怎么，做噩梦了？别怕……孩子，别怕。”

她俯身又用前额抵一抵我的头。这回她的前额不凉，反而挺热的了。“好了，烧退了。”她宽心而温柔地笑着。

刚才的恐怖感还没离开我。这是怎么回事？我茫然地望着她，有种异样的感觉。一时，我很冲动，要去拥抱她，但只微微挺起胸脯，脑袋却像灌了铅似的沉重，刚刚离开枕头，又坠倒在床上。

“做什么？你刚好，当心再着凉。”她说着便坐在我床边，紧挨着我，安静地望着我，一直在微笑，并用她暖和的手抚弄我的脸颊和头发，“你刚才是不是做噩梦了？听你喊的声音好大哪！”

“不是，……我想了……将来，不，我……”我想把刚才所想的事情告诉妈妈，但不知为什么，竟然无法说出来。是不是担心说出来，她知道后也要害怕的。那是件多么可怕的事啊！

“得了，别说了，疯了一天了，快睡吧！明天病就全好了……”

昏暗的灯光静静地照着床前的药瓶、点心和黄色的梨，照着妈妈无言而含笑的脸。她拉着我的手，我便不由得把她的手握得紧紧的……

我再不敢想那些可怕又莫解的事了。但愿世界上根本没有那种事。

栖息在邻院大树上的乌鸦不知为何缘故，含糊不清地咕囔一阵子，又静下去了。被月光照得微明的窗帘上走过一只猫的影子。渐渐的，一切都静止了，模糊了，淡远了，融化了，变成一团无形的、流动的、软软而弥漫的烟。我不知不觉便睡着了。

一个深奥而难解的谜，从那个夜晚便悄悄留存在我的心里。后来我才知道，这是我最初在思索人生。

底线

一次，一位在江南开锁厂的老板说他的买卖很兴旺，日进斗金，很快要上市了。我问他何以如此发达？

他答曰："现在的人富了，有钱有物，自然要加锁买锁；再有，我的锁科技含量高，一般技术很难打开，而且不断技术更新，所以市场总在我手里。"

我笑道："我的一位好朋友说世界上他最不喜欢的东西就是锁，因为锁是对人不信任，是用来防人的。"

锁厂老板眉毛一挑说："不防人防谁？我赚的就是防人的钱。你以为这世上真有夜不闭户的地方吗？"

我说："五十年代真有。七十年代我住在一座房子的顶楼上，门上只有个挂钩，没锁，白天上班把门一关钩一挂，从来没被人偷过。"

锁厂老板说："那是什么时候，早没影儿了，不信你不锁门试试。”

我笑了笑没再说，我信他的话。我承认，一个物欲的时代和一个非物欲的时代，人的底线是不同的。社会的底线也在下降。所谓社会底线下降，就是容忍度的放宽。原先看不惯的，现在睁一眼闭一眼了；原先不能接受的，现在不接受也存在了。在商业博弈中，谎话欺骗全成了“智慧”；在社会利益竞争中，损人利己成了普遍的可以获利的现实；诚信有时非但无从兑现，甚至成为一种商业的吆喝或陷阱。在这样的社会生态中，人的底线不知不觉在下降。

可是这底线就像江河的水线，水有一定高度，船好行驶，人好游泳。如果有一天降到了底儿，大家就一起陷在烂泥里。我们连自己是脏是净是谁也不知道了。

所以，人总得有自己做人做事的底线。其实这底线原本是十分清楚的。比如人不能“见利忘义”“卖友求荣”“卖国求荣”“乘人之危”，不能“虐待父母”“以强凌弱”“恩将仇报”“落井投石”，还有“不义之财君莫取”“朋友妻不可欺”等等。

这个古来世人皆知的底线，也是处世为人的标准，似乎在被全线突破了？

底线是无形地存在于两个地方。一在社会中，一在每个人心里。如果人们都降低自己的底线，社会的底线一定下降。社会失去共同遵守的底线，世道人伦一定败坏；如果人人守住底线，社会便拥有一条美丽的水准线——文明。因此说，守住底线，既为了成全社会，也是成全自己。

然而，这两个底线又相互影响。关键是在你的底线有时碰到低于你的底线时，你是降下自己的底线，随波逐流，还是坚守自己，洁身自好，坚持一己做人做事的原则？有人说，在物欲和功利的社会里，这底线是脆弱的。依我看，社会的底线是脆弱的，人的底线依旧可以坚强，牢固不破。

底线是人的自我基准，道德的基准，处世为人的基准。

人的自信是建立在底线上的。没有底线，一定会是一塌糊涂的失败的自我，乃至失败的人生。有底线，起码在“人”的层面上，获得了成功的自我与成功的人生。

我已经七十五岁了，我还有理想

“答谢”这两个字是我们中国人经常挂在嘴边的，我不知道该怎么用谢谢来表达我这一刻心里沉甸甸的、对每一位的真情厚意。很美好的感觉。一些著名的艺术家、我很尊敬的艺术家，都是有思想的人。我们坐在一起，大家向我送雕塑、送画，对我说了那么多好话，有点像个庆功会了，我怎么表达？很难表达出心里的东西，心里的东西还是放在心里最好。德国艺术家这么好的画，美林这么好的雕塑，铁凝这么知己的话。几十年的朋友了，她的讲话，是用心来体会我所做的事情、我的想法，我很感动。朋友之间就是知己，朋友的价值就是他理解你，真正理解你的想法和你所做的事情。

我是一个跨时代的人，我身上时代的东西太多。王蒙说，他身上充满了政治的历史和历史的政治。我跟他有一点儿不同，我太多地对时代干预，当然，我也太多地受到了时代对我的人生和命运的干预。我是一个历史和时代的亲历者、参与者和记录者。在这个时代和社会发生巨大转型的时候，我投入了文学。当文化发生转型的时候，我投身到文化。

我对这块土地上的人感情太深了，所以我的文学更关注普通小人物的命运。我记得八十年代末九十年代初的时候，俄罗斯作家、《这里的黎明静悄悄》作者鲍里斯·瓦西里耶夫，托《光明日报》记者给我带来一个信儿，说他对我关切小人物的命运表示敬意。是，我是关切小人物，恐怕也是因为对这块土地的人民的文化太关切了。由于民间文化是人民的文化，所以当大地上的文化遭遇冲击、风雨飘摇的时候，大量的传承人几乎艺绝人亡的时候，我们一定要伸以援手。这都是情不自禁的。

我今年七十五岁了，人的年龄就像大自然的四季一样，往往不知不觉就进入了下一个季节。你还觉得自己是中年人，可年龄上你已经是老年人了。这个时候我们必须要做的事情，就是总结自己，我们要活得明白。尤其是知识分子。知识分子是天生背负着使命到这世界上来的。他就得追求纯粹，他就得洁身自好，他就是理想主义者，他当然也是唯美主义者。我觉得这就是知识分子。到了这个年龄一定要总结自己。

我刚才说，今天的会有点庆功的气氛。冯骥才是不是要给自己树碑立传了？是不是他要享受一点马斯洛说的那种成就感？我想，冯骥才还不至于这么无聊。我更希望的是对自己做一个总结。

我的文学，我所写的这几百万字究竟怎样？五年前，我在北京办了一个展览，叫作“四驾马车”，它是我从事的四个方面的工作：文学、绘画、文化遗产保护和教育。我说，不是四匹马拉着我，是我拉着四驾马车。这四驾马车，哪一驾马车我到今天都没有放手，因为它们都走进了我的生命，我放不开。我知道我的事业只有生命能给它画上句号，我没有权力画句号。

可是，我现在有一个问题。今年我到西安去，想沿着丝路，从西安走到麦积山，再走到河西走廊。我想看希腊化的犍陀罗佛教造像，经过塔克拉玛干沙漠的南道北道，穿过河西走廊，再进入中原的一个渐变的中国化的过程。我必须要去一趟麦积山，但是我走到彬县的唐代大佛寺，去年被评上世界文化遗产的地方，我发现一个问题，高的台阶我上不去了。我的同行者说，冯骥才，照这么看，麦积山你绝对上不去。

是的，近两年我跑田野的时间少了，不知不觉在书斋的时间长了，于是我的文学冒出来了。所以我这两年写了四部非虚构的作品，包括我写韩美林的一部口述史。我还写了一部文化随笔《意大利读画记》、一部小说《俗世奇人·贰》，总共六部文学作品。媒体说了，冯骥才转型了，掉头回到了文学。是不是我真要回到文学了？我不知道。文学和文化遗产对于今天的我孰轻孰重，我希望大家帮着我思考。

文化遗产抢救不是冯骥才一个人做的，是我们一代人做的。我们在九十年代抢救天津地方的城市文化；进入新世纪初，我们这一批学者发誓要对中国九百六十万平方公里五十六个民族的一切民间文化进行地毯式的、盘清家底的普查。这第一批学者当时很年轻，现在都有点老了，潘鲁生、乔晓光、樊宇、曹保明、刘铁梁，这批专家都有点老了。乌丙安老师今年九十岁了，他来了我很感动，我们十几年前一起爬到了晋中后沟村的山顶上。二〇一五年我邀请了这些专家，重新在后沟村聚一聚，我们聚一聚干什么，只是重温昨天吗？不是，我们要找回当年的状态。

我希望找到八十年代对文学的激情，我希望找到我们对文化的那种心中的圣火，找出知识分子的那种纯粹感，找出我们内心的纯洁。当时我写了一篇文章，里面有一句话，我说：“人最有力量的是背上的脊梁，知识分子是脊梁中间那块骨头。”

我们做的事情是前无古人的。我们的精英文化有《四库全书》做过整理。但是，我们七千年以上农耕文明历史的大地上创造的多彩灿烂的文化从来没做过整理。这些文化大多数我们不知道。在普查时我说过一句话：“对大地上的民间文化，我们不知道的远远比我们知道的多得多，无论你是多大的一个学者，都是一样。”可是我们在做这样的文化调查的时候，没有任何依据。前人没有给我们留下经验，在世界上也找不到可以借鉴的方法，没有一个国家做过这样的事情。只有法国人，马尔罗做文化部长的时候，他做过法国的文化普查，但不是民间文化普查，他基本是文物普查。所以我们做的事情是没有依据的，全要靠我们创造的，概念要创造、方法要创造、标准要创造、理论要创造、思想要创造。尤其是思想。

支持我们的是思想。

我特别觉得这三个词儿好：先觉、先倡、先行。这三个概念里边都有先。你凭什么先觉？你凭思想先觉。大学又是一个能够静下来思考的地方，所以我把一部分精力还要放在上面，还要思考。和大家一起思考。思考未来，思辨现在，反思过去。反思我们的工作，也反思自己。

我已经七十五岁了，我还有理想。

在对我进行总结时，我求助于你们，你们是我的镜子，你们将影响我今后的选择。

因此又回到刚开始那句关于“谢谢”的话题，我想大家都知道我这句话在我心里的分量了。所以我真心地、由衷地向大家致谢。

大地震给我留下什么

在我私人的藏品中，有一个发黄而旧黯的信封，里面装着十几张大地震后化为废墟的照片，那曾是我的“家”；还有一页大地震当天的日历，薄薄的白纸上印着漆黑的字：1976年7月28日。后边我再说这页日历和那些照片是怎么来的。现在只想说，每次打开这信封，我的心都会变得异样。

变得怎么异样？是过于沉重吗？是曾经的一种绝望又袭上心头吗？记得一位朋友知道我地震中家覆灭的经历，便问我：“你有没有想到过死？哪怕一闪念？”我看了他一眼。显然这位朋友没有经过大地震——这种突然的大难降临是何感受。

如果说绝望，那只是地震猛烈地摇晃四十秒钟的时间里。这次大地震的时间实在太长了。后来我楼下的邻居说，整个地动山摇的过程中我一直在喊，叫得很惨，像是在嚎，但我不知道自己在叫。

当时由于天气闷热，我睡在阁楼的地板上。在我被突如其来的狂跳的地面猛烈弹起的一瞬，完全出于本能扑向睡在小铁床上的儿子。我刚刚把儿子拉起来，小铁床的上半部就被一堆塌落的砖块压下去。如果我的动作慢一点，后果不堪设想。我紧抱着儿子，试图翻过身把他压在身下，但已经没有可能。小铁床像大风大浪中的小船那般癫狂。屋顶老朽的木架发出嘎吱嘎吱可怕的巨响，顶上的砖瓦大雨一般落入屋中。我亲眼看见北边的山墙连同窗户像一面大帆飞落到深深的后胡同里。闪电般的光照亮我房后那片老楼，它们全在狂抖，冒着烟土，声音震耳欲聋。然而，大地发疯似的摇晃不停，好像根本停不下来了，就像当时的“文革”。我感到我的楼房马上塌掉。睡在过道上的妻子此刻不知在哪里，我听不到她的呼叫。我感到儿子的双手死死地抓着我的肩背。那一刻，我感到了末日。

但就在这时，大地戛然而止，好像列车的急刹车。这一瞬的感觉极其奇妙，恐怖的一切突然消失，整个世界特别漆黑而且没有声音。我赶紧踹开盖在腿上的砖块跳下床，呼喊妻子。我听到了她的应答。原来她就在房门的门框下，趴在那里，门框保护了她。我忽然感到浑身热血沸腾，就像从地狱里逃出来，第一次强烈地充满再生的快感和求生的渴望。我大声叫着：“快逃出去。”我怕地震再次袭来！

过道的楼顶已经塌下来。楼梯被柁架、檩木和乱砖塞住。我们拼力扒开一个出口，像老鼠那样钻出去，并迅速逃出这座只要再一震就可能垮掉的老楼。待跑出胡同，看到黑乎乎的街上全是惊魂未定而到处乱跑的人。许多人半裸着。他们也都是从死神手缝里侥幸的生还者。我抱着儿子，与妻子跑到街口一个开阔地，看看四周没有高楼和电线杆，比较安全，便从一家副食店门口拉来一个菜筐，反扣过来，叫妻儿坐在上边，便说：“你们千万别走开，我去看看咱们两家的人。”

我跑回家去找自行车。邻居见我没有外裤，便给我一条带背带的工作裤。我腿长，裤子太短，两条腿露在外边。这时候什么也顾不得了，活着就是一切。我跨上车，去看父母与岳父岳母。车子拐到后街上，才知道这次地震的凶厉。窄窄的街面已经被地震扭曲变形，波浪般一起一伏，一些树木和电线杆横在街上，仿佛刚遭遇炮火的轰击。通电全部中断，街两边漆黑的楼里发着呼叫。多亏昨晚我睡觉前没有摘下手表，抬起手腕看看表，大约是凌晨四时半。

幸好父母与岳父岳母都住在一楼，房子没坏，人都平安，他们都已经逃到比较宽阔的街上。待安顿好长辈，回到家时，已是清晨。见到妻子才彼此发现，我们的脸和胳膊全是黑的。原来地震时从屋顶落下来的陈年的灰尘，全落在脸上和身上。我将妻儿先送到一位朋友家。这家的主妇是妻子小学时的老师，与我们关系甚好。这便又急匆匆跨上车，去看我的朋友们。

从清晨直到下午四时，一连去了十六家。都是平日要好的朋友。在“文革”那种清贫和苍白的日子，朋友是最重要的心灵财富了。此时相互看望，目的很简单，就是看人出没出事，只要人平安，谢天谢地，打个照面转身便走。我的朋友们都还算幸运，只有一位画画的朋友后腰被砸伤，其他人全都逃过这一劫。一路上，看到不少尸首身上盖一块被单停放在道边，我已经搞不清自己到底是怎样还活在这世上的。中午骑车在道上，我被一些穿白大褂的人拦住，他们是来自医院的志愿者，正忙着在街头设立救护站。经他们告诉我，才知道自己的双腿都被砸伤。有的地方还在淌血。护士给我消毒后涂上紫药水，双腿花花的，看上去很像个挂了彩的伤员。这样，在路上再遇到的朋友和熟人，得知我的家已经完了，都毫不犹豫地从口袋掏出钱来。若是不要是不可能的！他们硬把钱塞到我借穿的那件工作服胸前的小口袋里。那时的人钱很少，有的一两块，多的三五块。我的朋友多，胸前的钱塞得愈来愈鼓。大地震后这天奇热，跑了一天，满身的汗，下午回来时塞在口袋里的钱便紧紧粘成一个硬邦邦拳头大的球儿。掏出来掰开，和妻子数一数，竟是七十一元，整个“文革”十年我从来没有这么巨大的收入。我被深深地打动！当时谁给了我几块钱，我都记得清清楚楚。现在事过三十年，已经记不清是哪些人，还有那些名字，却记得人间真正的财富是什么，而且这财富藏在哪里，究竟什么时候它才会出现。

画家尼玛泽仁曾经对我说：在西藏那块土地上，人生存起来太艰难了。它贫瘠、缺氧、闭塞。但藏族人民靠着什么坚韧地活下来的呢？靠着一种精神，靠着信仰与心灵。

个人对信念的恪守和彼此间心灵的抚慰。

大地震是“文革”终结前最后的一场灾难。它在人祸中加入天灾，把人们无情地推向深渊的极致。然而，支撑着我们生活下来的，不正是一种对春天回归的向往、求生的本能以及人间相互的扶持与慰藉吗？在我本人几十年种种困苦与艰难中，不是总有一只又一只热乎乎、有力的手不期而至地伸到眼前？

我相信，真正的冰冷在世上，真正的温暖在人间。

大地震的第三天，我鼓起勇气，冒着频频不绝的余震，爬上我家那座危楼。我惊奇地发现，隔壁巨大而沉重的烟囱竟在我的屋子中央，它到底是怎样飞进来的？然而我首先要做的，不是找寻衣物。我已经历了两次一无所有。一次是“文革”的扫地出门，一次是这次大地震。我对财物有种轻蔑感。此刻，我只是举着一台借来的海鸥牌相机，把所有真实的景象全部记录下来。此时，忽见一堵残墙上还垂挂着一本日历。日历那页正是地震的日子。我把它扯下来，一直珍存到今天。

我要留住这一天。人生有些日子是要设法留住的。因为在这种日子里，总是在失去很多东西的同时，得到的却更多——关键是我们是否能够看到。如果看到了它，就会被它更正对人生的看法并因之受益一生。

白发

人生入秋，便开始被友人指着脑袋说："呀，你怎么也有白发了？"

听罢笑而不答。偶尔笑答一句："因为头发里的色素都跑到稿纸上去了。"

就这样，嘻嘻哈哈、糊里糊涂地翻过了生命的山脊，开始渐渐下坡来。或者再努力，往上登一登。

对镜看白发，有时也会认真起来：这白发中的第一根是何时出现的？为了什么？思绪往往会超越时空，一下子回到了少年时——那次同母亲聊天，母亲背窗而坐，窗子敞着，微风无声地轻轻掀动母亲的头发，忽见母亲的一根头发被吹立起来，在夕照里竟然银亮银亮，是一根白发！这根细细的白发在风里柔弱摇曳，却不肯倒下，好似对我召唤。我第一次看见母亲的白发，第一次强烈地感受到母亲也会老，这是多可怕的事啊！我禁不住过去扑在母亲怀里。母亲不知出了什么事，问我，用力想托我起来，我却紧紧抱住母亲，好似生怕她离去……事后，我一直没有告诉母亲这究竟为了什么。最浓烈的感情难以表达出来，最脆弱的感情只能珍藏在自己心里。如今，母亲已是满头白发，但初见她白发的感受却深刻难忘。那种人生感，那种凄然，那种无可奈何，正像我们无法把地上的落叶抛回树枝上去……

妻子把一小酒盅染发剂和一支扁头油画笔拿到我面前，叫我帮她染发。我心里一动，怎么，我们这一代生命的森林也开始落叶了？我瞥一眼她的头发，笑道：“不过两三根白头发，也要这样小题大做？”可是待我用手指撩开她的头发，我惊讶了，在这黑黑的头发里怎么会埋藏这么多的白发！我竟如此粗心大意，至今才发现才看到。也正是由于这样多的白发，才迫使她动用这遮掩青春衰退的颜色。可是她明明一头乌黑而清香的秀发呀，究竟怎样一根根悄悄变白的？是在我不停歇的忙忙碌碌中、侃侃而谈中，还是在不舍昼夜的埋头写作中？是那些年在大地震后寄人篱下的茹苦含辛的生活所致？是为了我那次重病内心焦虑而催白的？还是那件事……几乎伤透了她的心，一夜间骤然生出这么多白发？

黑发如同绿草，白发犹如枯草；黑发像绿草那样散发着生命诱人的气息，白发却像枯草那样晃动着刺目的、凄凉的、枯竭的颜色。我怎样做才能还给她一如当年那一头美丽的黑发？我急于把她所有变白的头发染黑。她却说：“你是不是把染发剂滴在我头顶上了？”

我一怔。赶忙噙住泪水，不叫它再滴落下来。

一次，我把剩下的染发剂交给她，请她也给我的头发染一染。这一染，居然年轻许多！谁说时光难返，谁说青春难再，就这样我也加入了用染发剂追回岁月的行列。

谁知染发是件愈来愈艰难的事情。不仅日日增多的白发需要加工，而且这时才知道，白发并不是由黑发变的，它们是从走向衰老的生命深处滋生出来的。当染过的头发看上去一片乌黑青黛，它们的根部又齐刷刷冒出一茬雪白。任你怎样去染，去遮盖，它还是茬茬涌现。人生的秋天和大自然的春天一样顽强。挡不住的白发啊！

开始时精心细染，不肯漏掉一根。但事情忙起来，没有闲暇染发，只好任由它花白。不染难看，染又麻烦，渐而成了负担。

这日，邻家一位老者来访。这老者阅历深，博学，又健朗，鹤发童颜，很有神采。他进屋，正坐在阳光里。一个画面令我震惊——他不单头发通白，连胡须眉毛也一概全白；在强光的照耀下，蓬松柔和，光明透澈，亮如银丝，竟没有一根灰黑色，真是美极了！我禁不住说，将来我也修炼出您这一头漂亮潇洒的白发就好了，现在的我，染和不染，成了两难。老者听了，朗声大笑，然后对我说："小老弟，你挺明白的人，怎么在白发面前糊涂了？孩童有稚嫩的美，青年有健旺的美，你有中年成熟的美，我有老来冲淡自如的美。这就像大自然的四季——春天葱茏，夏天繁盛，秋天斑斓，冬天纯净。各有各的美感，各有各的优势，谁也不必羡慕谁，更不能模仿谁，模仿必累，勉强更累。人的事，生而尽其动，死而尽其静。听其自然才对！所谓听其自然，就是到什么季节享受什么季节。哎，我这话不知对你有没有用，小老弟？”

我听罢，顿觉地阔天宽，心情快活。摆一摆脑袋，头上花发来回一晃，宛如摇动一片秋光中的芦花。

低调

在媒体和网络较为盛行的时代，一个人只有“高调”才会叫人看见、叫人知道、叫人关注。高调必须强势，不怕攻击；反过来，愈被攻击，愈受关注，愈成为一时舆论的主角，干出点什么都会热销；高调不仅风光，还带来名利双赢，所以，有人选择高调。

但是，高调也会使人上瘾，高调的人往往离不开高调，像吸烟、饮酒，愈好愈降不下来，降下来就难受。可是，媒体和网络都是“一过性”的，滚动式的，喜新厌旧的。任何人都很难总站在高音区里边，所以，必须不断折腾、炒作、造势、生事，才能持续高调。

有人以为高调是一种成功，其实不然。高调只是这个时代的一种活法。当然，每个人都有权选择自己的活法，选择什么都无可厚非。于是，另一些人就去选择另一种活法——低调。

这种人不喜欢一举一动都被人关注，不喜欢一言一语也被人议论，不喜欢人前显贵，更不喜欢被“狗仔队”追逐，被“粉丝”死死纠缠与围困，被曝光曝得一丝不挂；他们明白，在商品和消费的社会里，高调存在的代价是被商品化和被消费。这样，心甘情愿低调的人，就没人认识，不为人所知，但是，他们反而能踏踏实实做自己喜欢的事，充分地享受和咀嚼日子，活得平心静气，安稳又踏实。你问他怎么这么低调，他会一笑而已；就像自己爱一个人，需要对别人说明吗？所以说：低调为了生活在自己的世界里，高调为了生活在别人的世界里。

文化也是一样。也有高调的文化和低调的文化。

首先，商业文化就必须是高调的，只有高调才会热卖热销，低调谁知道？谁去买？然而，热销的东西不可能总热销，它迟早会被更新鲜更时髦的东西取代。所以，时尚是商业文化的宠儿。在市场上最成功的是“时尚商品”。人说，时尚是造势造出来的，里边大量五光十色的泡沫，但商业文化不怕泡沫，因为它只求当时的商业效应，一时的震撼与强势，不求持久的魅力。

故而，另一种追求持久生命魅力的纯文化，很难在当今时代大红大紫，可是，它也不会为大红大紫而放弃一己的追求。它甘于寂寞，因为它确信这种文化的价值与意义。

我很尊敬一些同行的作家。在市场称霸的社会中，恐怕作家是最沉得住气的一群人。他们平日不知躲在什么地方，很少伸头探脑，有时一两年不见，看似在人间蒸发了，却忽然把一本十几万或几十万字厚重的书拿了出来；他们笔尖触动的生活与人性之深，文字创造力之强，令人吃惊。待到人们去品读去议论，他们又不声不响扎到什么地方去了。只有这样，才能写出真正洞悉社会人生的作品来。

作家天生是低调的。他们生活在社会深深的皱折里，也生活在自己的心灵与性情里。所以，看得见黑暗中的光线和阳光中的阴影，以及大地深处的疼点。他们天生不是做明星的材料，不会经营自己，只会营造笔下的人物；任何思想者都是这样：把自己放在低调里，是为了让思想真正成为一种时代的高调。

享受一下低调吧——低调的宁静、踏实、深邃与隽永。低调不是被边缘被遗忘，更不是无能。相反，只有自信，才能做到低调和安于低调。

献你一束花

鲜花，理应呈送给凯旋的英雄。难道献给这黯淡无光的失败者?

她一直垂着头。前四天，她从平衡木上打着旋儿跌在垫子上时，就把这美丽而神气的头垂下来。现在她回国了，走入首都机场的大厅，简直要把脑袋藏进领口里去。她怕见前来欢迎的人们，怕记者问什么，怕姐姐和姐夫来迎接她，甚至怕见到机场那个热情的女服务员——她的崇拜者，每次出国经过这里时，都跑来帮着她提包儿……有什么脸见人，大败而归!

这次世界性比赛，她完全有把握登上平衡木和高低杠“女王”的宝座，国内外的行家都这么估计，但她的表演把这些希望的灯全都关上了。

两年前，她第一次出国参加比赛，夹在许多名扬海外的姑娘们中间，不受人注意，心里反而没负担，出人意料地拿了两项冠军。回国时，就在这机场大厅里. 她受到空前热烈的迎接。许多只手朝她伸来，许多摄影机镜头对准她，一个戴眼镜的记者死死纠缠着问："你最喜欢什么？"她不知如何作答，抬眼看见一束花，便说："花!"于是就有几十束花朝她塞来，多得抱不住。两年来多次出国比赛，她胸前挂着一个又一个亮晃晃的奖牌回来，迎接她的是笑脸、花和摄影机雪亮的闪光。是不是这就加重她的思想负担？愈赢就愈怕输，成绩的包袱比失败的包袱更重。精神可以克服肉体的痛苦，肉体却无法摆脱开精神的压力。这次她在平衡木上稍稍感觉自己有些不稳。内心立刻变得慌乱而不能自制。她失败了，并且跟着在下面其他项目的比赛中一塌糊涂地垮下来……

本来她怕见人，走在队伍最后，可是当她发现很少有人招呼她，摄影记者也好像有意避开她时，她感到冷落，加重了心中的沮丧和愧疚，纵使她有回天之力，一时也难补偿，她茫然了。是啊，谁愿意与失败者站在一起。

忽然她发现一双脚停在她眼前。谁？她一点点向上看，深蓝色的服装，长长的腿，铜衣扣，无檐帽下一张洁白娴静的脸儿。原来是机场那女服务员。正背着双手，含笑对她说："我在电视里看见了你们比赛，知道你今天回来，特意来迎接你。"

"我真糟!"她赶紧垂下头。

"不，你同样用尽汗水和力量。"

"我是失败者。"

“谁都不能避免失败。我相信，失败和胜利对于你同样重要。让失败属于过去，胜利才属于未来。”女服务员的声音柔和又肯定。

她听了这话，重新抬起头来。只见女服务员把背在身后的手向前一伸，一大束五彩缤纷的花捧到她的面前。浓郁的香气竟化作一股奇异的力量注入她的身体。她顿时热泪满面。

怎么？花，理应呈送给凯旋的英雄，难道也要献给黯淡无光的失败者？

第五章

此间有雅

作家把他的生命化为一本本书。到了他生命完结那天，他所写的这些跳动着心、流动着情感、燃烧着爱情和散发着他独特气质的书，仍像作家本人一样留在世上。

我心中的文学

真正的文学和真正的恋爱一样，是在痛苦中追求幸福。

有人说我是文学的幸运儿，有人说我是福将，有人说我时运极佳，说话的朋友们，自然还另有深意的潜台词。

我却相信，谁曾是生活的不幸者，谁就有条件成为文学的幸运儿；谁让生活的祸水一遍遍地洗过，谁就有可能成为看上去亮光光的福将。当生活把你肆意掠夺一番之后，才会把文学馈赠给你。文学是生活的苦果，哪怕这果子带着甜滋滋的味儿。

我是在十年动乱中成长起来的。生活是严肃的，它没戏弄我。因为没有坎坷的生活的路，没有磨难，没有牺牲，也就没有真正有力、有发现、有价值的文学。相反，我时常怨怪生活对我过于厚爱和宽恕，如果它把我推向更深的底层，我可能会找到更深刻的生活真谛。在享乐与受苦中间，真正有志于文学的人，必定是心甘情愿地选定后者。

因此，我又承认自己是幸运的。

这场大动乱和大变革，使社会由平面变成立体，由单一变成纷纭，在龟裂的表层中透出底色。底色往往是本色。江河湖海只有在波掀浪涌时才显出潜在的一切。凡经历这巨变又大彻大悟的人，必定能得到无比珍贵的精神财富。因为教训的价值并不低于成功的经验。我从这中间，学到了太平盛世一百年也未必能学到的东西。所以当我们拿起笔来，无须自作多情，装腔作势，为赋新诗强说愁。内心充实而饱满，要的只是简洁又准确的语言。我们似乎只消把耳闻目见如实说出，就比最富有想象力的古代作家虚构出来的还要动人心魄。而首先，我获得的是庄严的社会责任感，并发现我所能用以尽责的是纸和笔。我把这责任注入笔管和胶囊里，笔的分量就重了；如果我再把这笔管里的一切倾泻在纸上——那就是我希望的、我追求的、我心中的文学。

生活一刻不停地变化。文学追踪着它。

思想与生活，犹如托尔斯泰所说的从山坡上疾驰而下的马车，说不清是马拉着车，还是车推着马。作家需要伸出所有探索的触角和感受的触须，永远探入生活深处，与同时代的人一同苦苦思求通往理想中幸福的明天之路。如果不这样做，高尚的文学就不复存在了。

文学是一种使命，也是一种又苦又甜的终身劳役。无怪乎常有人骂我傻瓜。不错，是傻瓜！这世上多半的事情，就是各种各样的傻子和呆子来做的。

<二>

文学的追求，是作家对于人生的追求。

寥廓的人生有如茫茫的大漠，没有道路，更无向导，只在心里装着一个美好、遥远却看不见的目标。怎么走？不知道。在这漫长又艰辛的跋涉中，有时会由于不辨方位而困惑；有时会由于孤单而犹豫不前；有时自信心填满胸膛，气壮如牛；有时用拳头狠凿自己空空的脑袋。无论兴奋、自足、骄傲，还是灰心、自卑、后悔，一概都曾占据心头。情绪仿佛气候，时暖时寒；心境好像天空，时明时暗。这是信念与意志中薄弱的部分搏斗。人生的每一步都是在克服外界困难的同时，又在克服自我的障碍，才能向前跨出去。社会的前途大家共同奋斗，个人的道路还得自己一点点开拓。一边开拓，一边行走，至死也不知道自己走了多远。真正的人都是用自己的事业来追求人生价值的。作家还要直接去探索这价值的含义。

文学的追求，也是作家对于艺术的追求。

在艺术的荒原上，同样要经历找寻路途的辛苦。所有前人走过的道路，都是身后之路。只有在玩玩乐乐的旅游胜地，才有早已准备停当的轻车熟路。严肃的作家要给自己的生活发现，创造适用的表达方式。严格地说，每一种方式，只适合它特定的表达内容；另一种内容，还需要再去探索另一种新的方式。

文学不允许雷同，无论与别人，还是与自己。作家连一句用过的精彩的格言都不能再在笔下重现，否则就有抄袭自己之嫌。

然而，超过别人不易，超过自己更难。一个作家凭仗个人独特的生活经历、感受、发现以及美学见解，可以超过别人，这超过实际上也是一种区别。但他一旦亮出自己的面貌，若要再来区别自己，换上一副嘴脸，就难上加难。因此，大多数作家的成名作，便是他创作的峰巅，如果要超越这峰巅，就像使自己站在自己肩膀上一样。有人设法变幻艺术形式，有人忙于充填生活内容。但是单靠艺术翻新，最后只能使作品变成轻飘飘又炫目的躯壳；急于从生活中捧取产儿，又非今夕明朝就能获得。艺术是个斜坡，中间站不住，不是爬上去就是滑下来。每个作家都要经历创作的苦闷期。有的从苦闷中走出来，有的在苦闷中垮下去。任何事物都有局限，局限之外是极限，人力只能达到极限。反正迟早有一天，我必定会黔驴技穷，蚕老烛尽，只好自己模仿自己，读者就会对我大叫一声："老冯，你到此为止啦！"就像俄罗斯那句谚语：老狗玩不了新花样！文坛的更迭就像大自然的淘汰一样无情，于是我整个身躯便划出一条不大美妙的抛物线，给文坛抛出来。这并没关系，只要我曾在那里边留下一点点什么，就知足了。

活着，却没白白地活着，这便是人生最大的幸福和安慰。同时，如果我以一生的努力都未给文学添上什么新东西，那将是我毕生最大的憾事！

我会说我：一个笨蛋！

<三>

一个作家应当具备哪些素质？

想象力、发现力、感受力、洞察力、捕捉力、判断力，活跃的形象思维和严谨的逻辑思维；尽可能庞杂的生活知识和尽可能全面的艺术素养；要巧、要拙、要灵、要韧，要对大千世界充满好奇心，要对千形万态事物所独具的细节异常敏感，要对形形色色人的音容笑貌、举止动念，抓得又牢又准；还要对这一切，最磅礴和最细微的，有形和无形的、运动和静止的、清晰繁杂和朦胧一团的，都能准确地表达出来。笔头有如湘绣艺人的针尖，布局有如拿破仑摆阵，手中仿佛真有魔法，把所有无生命的东西勾勒得活灵活现。还要感觉灵敏、情感饱满、境界丰富。作家内心是个小舞台，社会舞台的小模型，生活的一切经过艺术的浓缩，都在这里重演，而且它还要不断变幻人物、场景、气氛和情趣。作家的能力最高表现为，在这之上，创造出崭新的、富有典型意义和审美价值的人物。

我具备其中多少素质？缺多少不知道，知道也没用。先天匮乏，后天无补。然而在文学艺术中，短处可以变化为长处，缺陷是造成某种风格的必备条件。左手书法家的字、患眼疾画家的画、哑嗓子的歌手所唱的沙哑而迷人的歌，就像残月如弓的美色不能为满月所替代。不少缺乏鸿篇巨制结构能力的作家，成了机巧精致的短篇大师。没有一个条件齐全的作家，却有各具优长的艺术。作家还要有种能耐，即认识自己，扬长避短，发挥优势，使自己的气质成为艺术的特色，在成就了艺术的同时，也成就了自己。

认识自己并不比认识世界容易。作家可以把世人看得一清二楚，对自己往往糊糊涂涂，并不清醒。我写了各种各样的作品，至今不知哪一种是属于我自己的。有的偏于哲理，有的侧重抒情，有的伤感，有的戏谑，我竟觉得都是自己——伤感才是我的气质？快乐才是我的化身？我是深思还是即兴的？我怎么忽而古代忽而现代？忽而异国情调忽而乡土风味？我好比瞎子摸象，这一下摸到坚实粗壮的腿，另一下摸到又大又软的耳朵，再一下摸到无比锋利的牙。哪个都像我，哪个又都不是。有人问我风格，我笑着说，这不是我关心的事。我全力要做的，是把自己的一切奉献给读者。风格不仅仅是作品的外貌，它是复杂又和谐的一个整体。它像一个人，清清楚楚、实实在在地存在，又难以明明白白说出来。作家在作品中除去描写的许许多多生命，还有一个生命，就是作家自己。风格是作家的气质，是活脱脱的生命的气息，是可以感觉到的一个独个的灵魂及其特有的美。

于是，作家就把他的生命化为一本本书。到了他生命完结那天，他所写的这些跳动着心、流动着情感、燃烧着爱情和散发着他独特气质的书，仍像作家本人一样留在世上。如果作家留下的不是自己，不是他真切感受到的生活，不是创造而是仿造，那自然要为后世甚至现世所废弃了。

作家要肯把自己交给读者。写的就是想的，不怕自己的将来可能反对自己的现在。拿起笔来的心情有如虔诚的圣徒，圣洁又坦率。思想的法则是纯正，内容的法则是真实，艺术的法则是美。不以文章完善自己，宁愿否定和推翻自己而完善艺术。作家批判世界需要勇气，批判自己需要更大的勇气。读者希望在作品中看到真实却不一定完美的人物，也愿意看到真切却可能是自相矛盾的作家。在舍弃自己的一切之后，文学便油然诞生，就像太阳燃烧自己时才放出光明。

如果作家把自己化为作品，作品上的署名，便像身上的肚脐儿那样，可有可无，完全没用，只不过在习惯中，没有这姓名不算一个齐全的整体罢了——这是句笑话。我是说，作家不需要在文学之外再享有什么了。这便是我心中的文学！

水墨文字

<一>

兀自飞行的鸟儿常常会令我感动。

在绵绵细雨中的峨眉山谷，我看见过一只黑色的孤鸟。它用力扇动着又湿又沉的翅膀，拨开浓重的雨雾和叠积的烟霭，艰难却直线地飞行着。我想，它这样飞，一定有着非同寻常的目的。它是一只迟归的鸟儿？迷途的鸟儿？它为了保护巢中的雏鸟还是寻觅丢失的伙伴？它扇动的翅膀，缓慢、有力、富于节奏，好像慢镜头里的飞鸟。它身体疲惫而内心顽强。它像一个昂扬而闪亮的音符在低调的旋律中穿行。

我心里忽然涌出一些片断的感觉，一种类似的感觉，那种身体劳顿不堪而内心的火犹然熊熊不息的感觉。

后来我把这只鸟，画在我的一幅画中。

所以我说，绘画是借用最自然的事物来表达最人文的内涵。这也正是文人画的首要的本性。

<二>

画又是画家作画时的心电图。画中的线全是一种心迹。因为，唯有线条才是直抒胸臆的。

心有柔情，线则缠绵；心有怒气，线也发狂。心静如水时，一条线从笔尖轻轻吐出，如蚕吐丝，又如一串清幽的音色流出短笛。可是你有情勃发，似风骤至，不用你去想怎样运腕操笔，一时间，线条里的情感、力度，乃至速度全发生了变化。

为此，我最爱画树画枝。

在画家眼里，树枝全是线条；在文人眼里，树枝无不带着情感。

树枝千姿万态，皆能依情而变。树枝可仰，可俯，可疏，可繁，可争，可倚；唯此，它或轩昂，或忧郁，或激奋，或适然，或坚忍，或依恋……我画一大片树叶凋零而倾倒于泥泞中的树木时，竟然落下泪来。而每一笔斜拖而下的长长的线，都是这种伤感的一次宣泄与加深，以致我竟不知最初缘何动笔？

至于画中的树，我常常把它们当作一个个人物。它们或是一大片肃然站在那里，庄重而阴沉，气势逼人；或是七零八落，有姿有态，各不相同，带着各自不同的心情。有一次，我从画面的森林中发现一棵婆娑而轻盈的小白桦树。它娇小、宁静、含蓄，那叶子稀少的树冠是薄薄的衣衫。作画时我并没有着意地刻画它。但此时，它仿佛从森林中走出来了。我忽然很想把一直藏在心里的一个少女写出来。

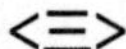

绘画如同文学一样，作品完成后往往与最初的想象全然不同。作品只是创作过程的结果。而这个过程却充满快感，其乐无穷。这快感包括抒发、宣泄、发现、深化与升华。

绘画比起文学有更多的变数。因为，吸水性极强的宣纸与含着或浓或淡的墨的毛笔接触时，充满了意外与偶然。它在控制之中显露光彩，在控制之外却会现出神奇。在笔锋扫过之地方，本应该浮现出一片沉睡在晨雾中的远滩，可是感觉上却像阳光下摇曳的亮闪闪的荻花，或是一抹在空中散步的闲云？有时笔中的水墨过多过浓，天下的云向下流散，压向大地山川，慢慢地将山顶峰尖黑压压地吞没。它叫我感受到，这是天空对大地惊人的爱！但在动笔之前，并无如此的想象。到底是什么，把我们曾经有过的感受唤起与激发？

是绘画的偶然性。

然而，绘画的偶然必须与我们的心灵碰撞才会转化为一种独特的画面。

绘画过程中总是充满了不断的偶然，忽而出现，忽而消失。就像我们写作中那些想象的明灭，都是一种偶然。感受这种偶然的是我们的心灵。将这种偶然变为必然的，是我们敏感又敏锐的心灵。

因为我们是写作者。我们有着过于敏感的内心。我们的心还积攒着庞杂无穷的人生感受。我们无意中的记忆远远多于有意的记忆，我们深藏心中的人生积累永远大于写在稿纸上的有限的素材。但这些记忆无形地拥满心中，日积月累，重重叠叠，谁知道哪一片意外形态的水墨，会勾出一串曾经牵肠挂肚的昨天？

然而，一旦我们捕捉到一个千载难逢的偶然，绘画的工作就是抓住它不放，将它定格，然后去确定它、加强它、深化它。一句话：

艺术就是将瞬间化为永恒。

<四>

纯画家的作画对象是他人，文人（也就是写作者）的作画对象主要是自己。面对自己和满足自己。写作者作画首先是一种自言自语、自我陶醉和自我感动。

因此，写作者的绘画追求精神与情感的感染力，纯画家的绘画崇尚视觉与审美的冲击力。

纯画家追求技术效果和形式感，写作者则把绘画作为一种心灵工具。

<五>

一阵急雨沙沙有声地落在纸上。那是我洒落在纸上的水墨。江中的小舟很快就被这阵蒙蒙雨雾所遮翳，只有桅杆似隐似现。不能叫这雨过密过紧，吞没一切。于是，一支蘸足清水的羊毫大笔挥去，如一阵风，掀起雨幕的一角，将另一只扁舟清晰地显露出来，连那个头顶竹笠、伫立船头的艄公也看得分外真切。一种混沌中片刻的清明，昏沉里瞬息的清醒。可是，跟着我又将一阵急雨似淋漓的水墨洒落纸上，将这扁舟的船尾遮蔽起来，只留下这瞬息显现的船头与艄公。

我作画的过程就像我上边文字所叙述的过程。我追求这个过程的一切最终全都保留在画面上，并在画面上能够体验到，这就是可叙述性。

写作的叙述是线性的，过程性的，一字一句，不断加入细节，逐步深化。

这里，我的《树后边是太阳》正是这样：大雪后的山野一片洁白，绝无人迹。如果没有阳光，一定寒冽又寂寥。然而，太阳并没有隐遁，它就在树林的后边。虽然看不见它灿烂夺目的本身，但它无比强烈的光芒却穿过树干与枝丫，照射过来，巨大的树影无际无涯地展开，一下子铺满了辽阔的雪原。

于是，一种文学性质需要说明白，就是我这里所说的叙述性。它不属于诗，而属于散文。那么绘画的可叙述也就是绘画的散文化。

最能寄情寓意的是大自然的事物。

比如前边所说树枝的线条可以直接抒发情绪。

再比如，这种种情绪还可以注入流水。无论它激扬、倾泻、奔流，还是流淌、潺缓、波澜不惊，全是一时的心绪。一泻万里如同浩荡的胸襟，骤然的狂波好似突变的心境，细碎的涟漪中夹杂着多少放不下的愁思？

至于光，它能使一切事物变得充满生命感，哪怕是逆光中的炊烟，一切逆光的树叶都胜于艳丽的花。这原因，恐怕还是因为一切生命都受惠于太阳，生命的一切物质含着阳光的因子。比如我们迎着太阳闭上眼，便会发现被太阳照透的眼皮里那种血色，通红透明，其美无比。

还有秋天的事物。一年四季里，唯有秋天是写不尽也画不尽的。春之萌动与锐气，夏之蓬勃与繁华，冬之萧瑟与寂寥，其实也都包括在秋天里。秋天的前一半衔接着夏天，后一半融入冬天。它本身又是大自然最丰饶的成熟期。故此，秋的本质是矛盾又斑斓，无望与超逸，繁华而短促，伤感而自足。

写作人的心境总是百感交集的。比起单纯的情境，他们一定更喜欢唯秋天才有的萧疏的静寂，温柔的激荡，甜蜜的忧伤，以及放达又优美的苦涩。

能够把一切人生的苦楚都化为一种美的只有艺术。

在秋天里，我喜欢芦花。这种在荒滩野水中开放的花，是大自然开得最迟的野花。它银白色的花犹如人老了的白发，它象征着大自然一轮生命的衰老吗？如果没有染发剂，人间一定处处皆芦花。它生在细细的苇秆的上端，在日渐寒冽的风里不停地摇曳。然而，从来没有一根芦花是被寒风吹倒吹落的！还有，在漫长的夏天里，它从不开花，任凭人们漠视它，把它只当作大自然的芸芸众生，当作水边普普通通的野草。它却不在乎人们怎么看它，一直要等到百木凋零的深秋，才喷放出那穗样的毛茸茸的花来。没有任何花朵与它争艳。不，本来它的天性就是与世无争的。它无限的轻柔，也无限的洒脱。虽然它不停在风中摇动，但每一个姿态都自在，随意，绝不矫情，也不搔首弄姿。尤其在阳光的照耀下，它那么夺目和圣洁！我敢说，没有一种花能比它更飘洒、自由、多情，以及这般极致的美！也没有一种花比它更坚忍与顽强。它从不取悦于人，也从不凋谢摧折。直到河水封冻，它依然挺立在荒野上。它最终是被寒风一点点撕碎的。

在这永无定态的花穗与飘逸自由的茎叶中，我能获得多少人生的启示与人生的共鸣?

<七>

绘画的语言是可视的。

绘画的语言有两种。一种形式的，一种技术的。古人叫作笔墨，现代人叫作水墨。

我更看重笔墨这种语言。

笔作用于纸，无论轻重缓急；墨作用于纸，无论浓淡湿枯——都是心情使然。

笔的老辣是心灵的枯涩，墨的融化是情感的舒展；笔的轻淡是一种怀想，墨的浓重是一种撞击。故此，再好的肌理美如果不能碰响心里事物，我也会将它拒之于画外。

文学表达含混的事物，需要准确与清晰的语言；绘画表达含混的事物，却需要同样含混的笔墨。含混是一种视觉美，也是我们常在的一种心境。它暧昧、未明、无尽、嗫嚅、富于想象。如果写作者作画，便一定会醉心般地身陷其中。

<八>

我习惯写散文时，放一些与文章同种气质的音乐当背景。

那天，我在写一只搁浅于湖边的弃船在苦苦期待着潮汐。忽然，耳边听到潮汐之声骤起。当然这是音乐之声，是拉赫马尼诺夫的音乐吧！我看到一排排长长的深色的潮水迎面而来。它们卷着雪白的浪花，来自天边，其速何疾！一排涌过，又一排上来，向着搁浅的小船愈来愈近。雨点般的水点溅在干枯的船板上，扬起的浪头像伸过来的透明而急切的手。音乐的旋律一层层如潮般地拍打在我的心上。我紧张地捏着笔杆，心里激动不已，却不知该怎么写。

突然，我一推书桌，去到画室。我知道现在绘画已经是我最好的方式了。

我把白宣纸像月光一样铺在画案上，满满地刷上清水。然后，用一支水墨大笔来回几笔，墨色神奇地洇开，顿时乌云满纸。跟着大笔落入水盂，笔中的余墨在盂中的清水里像烟一样地散开。我将一笔极淡的花青又窄又长地抹上去，让阴云之间留下一隙天空。随即另操起一支兼毫的长锋，重墨枯笔，捻动笔管，在乌云压迫下画出一排排翻滚而来的潮汐……笔中的水墨不时飞溅到桌上、手背上，笔杆碰在盆子碟子上叮当有声。我已经进入绘画之中了。

待我画完这幅《久待》，面对画面，尚觉满意，但总觉还有什么东西深藏画中。沉默的图画是无法把这东西“说”出来的。我着意地去想，不觉拿起钢笔，顺手把一句话写在稿纸上：

人生的大部分时间就像垂钓者那样守着一种美丽的空望。

跟着，我就写了下去：

期望没有句号。
美好的人生是始终坚守着最初的理想。
真正的爱情是始终恪守着最初的誓言。
爱比被爱幸福。

于是，我又返回到文学中来。

我经常往返在文学与绘画之间，然而这是一种甜蜜的往返。

无书的日子

你出外旅行，在某个僻远小镇住进一家小店，赶上天阴落雨，这该死的连绵的雨把你闷在屋里。你拉开提包锁链，呀，糟糕之极!竟然把该带在身边的一本书忘在家中——这是每一个出外的人经常会碰到的遗憾。你怎么办？身在他乡，陌生无友，手中无书，面对雨窗孤坐，那是何等滋味？我吗，嘿，我自有我的办法!

道出这办法之前，先要说这办法的由来。

我家在“文化大革命”初被洗劫一空。藏书千余，听凭革命造反者们撕之毁之，付之一炬。抄家过后，收拾破破烂烂的家具杂物时，把残书和哪怕是零零散散的书页万分珍惜地敛起来，整理、缝订，破口处全用玻璃纸粘好，完整者寥寥，残篇散页却有一大包袱。逢到苦闷寂寞之时，便拿出来读。读书如听音乐，一进入即换一番天地。时入蛮荒远古，时入异国异俗，时入霞光夕照，时入人间百味。一时间，自身的烦扰困顿乃至四周的破门败墙全都化为乌有，书中世界与心中世界融为一体——人物的苦恼赶走自己的苦恼，故事的紧张替代现实的紧张，即便忧伤悒郁之情也换了一种。艺术把一切都审美化，丑也是一种美，在艺术中审丑也是审美，也是享受。

但是，我从未把书当作伴我消度时光的闲友，而把它们认定是充实和加深我的真正伙伴。你读书，尤其是那些名著，就是和人类历史上最杰出的先贤智者相交！这些先贤智者著书或是为了寻求别人理解，或是为了探求人生的途径与处世的真理。不论他们的箴言沟通于你的人生经验，他们聪慧的感受触发你的悟性，还是他们天才的思想与才华顿时把你蒙昧混沌的头颅透彻照亮——你的脑袋仿佛忽然变成一只通电发光的灯——他们不是你最宝贵的精神朋友吗?

半本《约翰·克利斯朵夫》几乎叫我看烂，散页中的中外诗词全都烂熟于我心中。然而，读这些无头无尾的残书倒别有一种体味，就像面对残断胳膊的维纳斯像时，你不知不觉会用你自己最美的想象去安装它。书中某一个人物的命运由于缺篇少章不知后果，我并不觉得别扭，反而用自己的想象去发展它，完成它。我按照自己的意志为它们设想出必然的命运变化和结局。我感到自己就像命运之神那样安排着一个个有意味的生命历程。当时，我的命运被别人掌握，我却掌握着另一些“人物”的命运。前者痛苦，后者幸福。

往往我给一个人物设计出几种结局，小说中人物的结局才是人物的完成。当然我不知道这些人物在原书中的结局是什么，我就把自己这些续篇分别讲给不同的朋友听。凡是某一种结局感动了朋友，我就认定原作一定是这样，好像我这才是真本，听故事的朋友们自然也都深信不疑。

“文化大革命”后，书都重新出版了。常有朋友对我说：“你讲的那本书最近我读了，那人物根本没死，结尾也不是你讲的那样……”他们来找我算账；不过也有的朋友望着我笑而不答的脸说：“不过，你那样结束也不错……”

当初，续编这些残书未了的故事，我干得挺来劲儿，因为在续编中，我不知不觉使用了自己的人生经验，调动出我生活中最生动、独特和珍贵的细节，发挥了我的艺术想象。而享受自己的想象才是最醉心的，这是艺术创造者们所独有的一种感受。后来，又是不知不觉，我脱开别人的故事轨道，自己奔跑起来。世界上最可爱的是纸，偏偏纸多得无穷无尽，它们是文学挥洒的无边无际的天地。我开始把一张张洁白无瑕的纸铺在桌上，写下心中藏不住的、唯我独有的故事。

写书比读书幸福得多了。

读书是欣赏别人，写书是挖掘自己，读书是接受别人的沐浴，写作是一种自我净化。一个人的两只眼用来看别人，但还需要一只眼对向自己，时常审视深藏自身中的灵魂，在你挑剔世界的同时还要同样地挑剔自己。写作能使你愈来愈公正、愈严格、愈开阔、愈善良。你受益于文学的首先是这样的自我更新和灵魂再造，否则你从哪里获得文学所必需的真诚?

读书是享用别人的创造成果，写书是自己创造出来供给他人享用。文学的本质是从无到有，文学毫不宽容地排斥仿造，人物、题材、形式、方法，哪怕别人甚至自己使用过的一个巧妙的比喻也不容在你笔下再次出现。当它所有的细胞都是新生的，才能说你创造了一个新生命。于是你为这世界提供一个有认识价值、并充满魅力的新人物，它不曾在人间真正活过一天，却有名有姓有血有肉，并在许许多多读者心底形成并深刻地存在着，一些人从它身上发现身边的人，一些人从它个性中发现自己；人们从中印证自己，反省过失，寻求教训，发现生存价值和生活真谛……还有，世界上一切事物在你的创作中，都带着光泽、带着声音、带着生命的气息和你的情感而再现，而这所有一切又都是在你两三尺的小小书桌上诞生的，写书是多么令人迷醉的事情啊!

在那无书的日子里，我是被迫却又心甘情愿地走到这条道路上去的，这便是写书。

无书而写书，失而复得，生活总是叫你失掉的少，获得的多。

嘿嘿，这就是我要说的了——

每当旅行在外，手边无书，我就找几块纸铺展在桌。哪怕一连下上它半个月的雨，我照旧充满活力、眼光发亮、有声有色地待在屋中。我可不是拿写书当作一种消遣，我在做上帝做过的事：创造生命。

书桌

我有张小小的书桌。它又窄又矮，破旧极了，在外人眼里简直不成样子。上边的漆成片地剥落下来，残余的漆色变得晦暗发黑，连我自己都认不准它最初是什么颜色。桌面又满是划痕、硬伤，还有热水杯烫成的一个个套起来的深深浅浅的白圈儿。它一边只有三个小抽屉，抽屉的把手早不是原套了，一个是从破箱子上移来的铜把手，另两个是后钉上去的硬木条。别看它这副模样，三十年来，却一直放在我的窗前，我房间透进光来的地方。我搬过几次家，换过几件家具，但从来没有想到处理掉它……

“这么难看还要它干吗？！要是我早劈掉生火了！”

“它又不实用。你这么大人将就这样一个小桌子，早晚得驼背！”

“你怎么就是不肯扔掉这破玩意儿，难道它是件宝？你说呀……”

我笑而不答。那淡淡的笑意里包含着任何知己都难以理解、难以体会到的一种、一种……一种什么呢?

没有共同的经历就不会有同感。有时，同感能发挥出非常奇妙的作用，它能成为两颗心相融的最短、最直接的通道。如果没有同感，说它做什么？还不如独自一人到树林里，踩着落叶，自己对自己默默地说它一阵子，排遣出来，倒是一种慰安。

我无法想起，究竟是什么时候，我开始使用这小桌的。我只模模糊糊记得，最初，我是站在它前面写写画画，而不是坐着。待我要坐下时，屁股下边必须垫上书包、枕头或一大沓画报，才能够得上桌面……

记忆里，幼时的事，都是穿不成串儿的珠子。这珠子却在记忆的深井的底儿滴溜溜、闪闪发光地打转，很难抓住它们——

我把“人”字总误写成“入”字，就在这桌上吧!

我一排排地晾干弹弓子用的小泥球儿，就在这桌上吧!

我在小木板上钉钉子，就在这桌上吧!

对，就在这儿。桌面上原来有一块能够照见自己脸儿的光光的玻璃板，给我钉钉子时打碎了——这件事我可记得清清楚楚，为此我还挨爸爸一通好打呢！也许打得太疼，我才记得十分牢。但过后我却一点也不后悔。因为，从此我做过的、经历过的、经受过的许许多多的事，都在这没有玻璃板保护的桌面上留下了痕迹。

桌面上净是些小瘪坑。有的坑儿挺深，像个洞眼，蚂蚁爬到那儿，得停一下，迟疑片刻，最后绕过去……细细瞧吧，还满是划痕呢，横竖歪斜，有的深，如一道沟，有的轻浅，还有的比蛛丝还细。这细细的印痕，是不是当初刮铅笔尖留下的？那一条条长长的道道儿，是不是随意用指甲划上去的？那儿黑乎乎的一块儿，是不是过年做灯笼，烤弯竹条时碰倒了蜡烛烧的？分辨不清了，原因不明了，全搅在一起了。这中间还混着许多字迹，钢笔的、铅笔的、墨笔的，还有用什么硬东西刻上去的。也有画上去的形象，有的完整，有的破碎——一只靴子啦、枪啦、一张侧面脸啦，这是不是我的自画像？年深日久，早都给磨得模糊一片。痕迹斑驳的桌面，有如一块风化得相当厉害、漫漶不清的碑石。

但我从中细心查辨，也能认出某些痕迹的来由，想起这里边包含着的、只有我才知道的故事，并联想到与此有关或无关的、早已融进往昔岁月中的童年生活。

为此，我很少用湿布去拭抹它。

只有一次例外。那是我上小学四年级时。我前排坐着一个女同学，十分瘦弱。她年龄与我一般大，个子却比我矮一头。两条短短的黄辫儿，简直是两根麻绳头。一天，上语文课，我没听讲，却悄悄把眼前的两条黄辫子拴在这女同学的椅子背儿上。正巧老师叫她回答问题，她一起身，拴住的辫子扯得她头痛得大叫。我的语文老师姓李，瘦削的脸满是黑胡楂，连脸颊上都是。一副黑边的近视镜遮住他的眼神，使我头次见到他时以为他挺凶，其实他温和极了。他对我们调皮的忍耐限度比别的老师都大。但不知为什么，那天他好厉害，把我一把拉到课堂前，叫我伸出双手，狠狠打了十多板子。他真生气呢！气呼呼地直喘，什么话也说不出来了，只指着门，瞪圆眼对我吼道："走！快走！"我离开了课堂，一路跑回家。我手疼倒没什么，但当众挨打受罚，我的自尊心受不了。于是，我眼泪汪汪地在桌上写了"李老师是狗！"几个字。我写得那么痛快和解气，好像这几个字给我报了什么"仇"似的。这几个字就相当威风地在我桌上保留了好长时间。

在表的嘀嗒声中，在上下课的铃声中，在雨和雪轮番交替地敲打窗子声中，我长大起来，事也懂得多了。桌上那几个字却不那么神气了。反而怕被人瞧见，似乎成了一种不光彩，甚至是耻辱的污迹，我带着一种说不清是对李老师，还是对长大后再也遇不到那个瘦弱的女同学的愧疚心情，用手巾尖儿蘸些水使劲把这几个字抹下去。

真奇怪！字儿抹掉了，好像心里干净了一些。

我上了中学，毕业了，参加了工作。我的许多事，写信、写文章、画画、吃东西，做些什么零七八碎的事都在这桌上，它一直伴随着我。

但它在我长大起来的身躯前，渐渐显得矮小，不合用了，而且用久了，愈来愈破旧，在后来买进来的新家具中间，显得寒碜和过时。它似乎老了，早完成了使命，在人世间物换星移的常规里等待着接受取代。

有一天我画画。画幅大，桌面小。不得不把一半画纸垂到桌下，先画铺在桌面上的一半，待画得差不多时，再拉上纸来画另一半。这样就很难照顾到画面的整体感，我画得那么别扭，真急了，止不住愤愤地骂道："真该死，这破桌子！"

它听着，不吭一声。等我画好了画儿，张挂起来，画面却意外地好。我十分快活，早把桌子忘在一旁。它呢？依然默默旁立。它就是这样与我为伴，好像我不抛掉它，它就一心而从无二意地跟随着我。是不是由于它仅仅是无生命的物品，我从未把它作为一只小猫、小鸟、小兔那样的伴侣？但是，小兔死了，小猫跑了，小鸟飞了，它却不声不响地有心地记下我生活经历过的许多酸甜苦辣，并顺从地任我做任何有损于它的事。当一次，我听说自己遭遇不幸，是因为被一位多年来与我非常要好的朋友出卖时，我忍受不住，发疯似的猛地一拍桌面。

"啪！"

桌面上出现一条长长的裂缝。我那颗初入社会纯真的心上，也暗暗出现一条裂痕。它竟同我一样。

从此，我便不觉地爱护起它来了。

我有过一个女朋友。她是一只快乐的小鸟——那早晨站在沾着露水的枝头抖动翅膀、在阳光里飞来飞去、在烟囱上探头探脑的小鸟。她总笑。她整天似乎除去快乐什么也不知道。她在任何一群人中出现，都能极快地把快乐通过笑、通过活泼的目光、通过喜气洋洋的俊俏的小脸儿、通过率真的动作，传染给每一个人。我说她的快乐是照眼的、悦耳的、香喷喷的，是魔术。我称她为“快乐女神”。

她一双腿长长的，爱穿一条淡蓝色的短裙。她一进屋来，常常是一蹦就坐到小书桌上——这或许是她还带着些孩子气儿；或许她腿长，桌子矮，坐上去正合适。

我呢？过去吻她高矮也正好。我吻她，她不让。一忽儿把脸甩向左边，一忽儿又甩到右边，还调皮地笑着。她那光滑的短发像穗子一样在我笨拙的嘴唇上蹭来蹭去。

以后，由于挺复杂的原因，她终于说：“我们的爱没有物质土壤，幻想的种子连幻想也结不出来了。”这句话，她说了许多遍，一次比一次肯定，最后她无可奈何又断然地离去了。

稀奇的是，那快乐女神始终与我这哑巴桌子连在一起。每当我的目光碰到桌沿，就会幻觉出她当初坐在桌上的样子。浅蓝色的短裙扇状地铺开，一双直直又顺溜儿的长腿垂下来，两只小巧的脚交叉地别着。这时她那动听的笑声好似又在桌上的空间里发出来。

我需要记着的，这桌儿都给我记着了。而那女神与我临别时掉在桌上的泪滴，却一点痕迹也没留下。大概那不是泪，而是水滴。

桌上唯有一处大硬伤。那是——那天，一群穿绿服装、臂套红色袖章的男女孩子们闯进我家来。每人拿一把斧头，说要“砸烂旧世界”，我被迫站在门口表示欢迎，并木然地瞅着他们在顷刻间把我房间里的一切胡乱砸一通。其中有个姑娘，模样挺端正，但她的眼神叫我害怕。她不吵不闹，砸起东西来异乎寻常地细致。她在屋里转来转去，把尚且完整的东西翻出来，一件件、有条不紊地敲得粉碎。然后，她翻出我一本相册，把里面的照片一张张抽出来，全都撕成两半。她做这些事时，脸上没有任何表情。

她忽然把一张照片面对我，问：“这是谁？”

这是我那“快乐女神”的。我说：“一个朋友。”

她微微现出一种冷笑，一双秀气的眼睛直盯着我，两只白白的手把这照片撕成细小的碎片。我至今不明白，在那时为什么一些女孩子干这种事时，反比男孩子们干得更彻底、更狠心、更无情。相册中所有女人的照片——我姐姐、妻子、母亲的，她撕得尤其凶，“唰唰唰”地响。仿佛此刻她心里有什么受不了的情感折磨着她，迫使她这样做。

最后，她临去时，一眼瞥见我的书桌。大约这书桌过于破旧，开始时并没引起他们的兴趣。此刻在一堆碎物中间，反而惹眼了。她撇向一边的薄薄的唇缝里含着一种讥讽：“你还有这么个破玩意儿！”

随手一斧子，正砍在桌角上。掉下一块挺大的木碴。

就这样，我过去生活的一切，无论是快乐和幸福的，还是忧愁和不幸的，都留在桌上了。哪怕我忘了，它会无声地提醒我。

它就摆在我窗前。从窗子透进的光笼罩着它。我窗外是一棵大槐树的树冠。这树冠摇曳婆娑的影子总是和阳光一起投照在我这小小的桌面上。

每当这树冠的枝影间满是小小的黑点时，那是春天，黑点点儿则是大槐树初发的芽豆豆。这期间，偶尔还有一种俗名叫作“绿叶儿”的候鸟，在枝间伶俐地蹦跳的影子出现在桌面上。夏天来了，树影日浓，渐渐变成一块阴凉，密密实实地遮盖住我的小桌。等到那块厚厚的阴凉破碎了，透现出一些晃动着的阳光的斑点时，秋风还会把一两片变黄的叶子吹进窗，像几只金色的小船，落在我这如同无风的水面一般平光光的桌面上。随后该关窗子了，玻璃蒙上了薄薄的水蒸气。那片叶无存、光秃秃、只剩下枝丫的树影，便像一张朦胧模糊的大网，把我的小桌罩住……

我常常被这些情景弄得发呆。谁说它丑？它无用？它应当被丢弃？它有着任何华贵的物品都无法代替的风韵和诗意。在它的更深处，甚至还潜藏着思想。

尤其是在阴雨的日子里，乌云像拉上的厚帘子把窗户遮暗了，小桌变成黑影，很像一块浓雾里的礁石，黑黝黝的，沉默无语。忽然一道闪电把它整个照亮，它那桌面上反射着可怕的蓝色的电光。但在这一瞬间的强光里，它上边的一切痕迹都清晰地显现出来，留在这中间的往事一下子全都复活了……

我闭上眼，情愿被再现在幻觉中的往事深深地感动着。

我终于失去了它。

在地震中，塌落下来的屋顶把它压垮。我的孩子正好躲在桌下，给他保护住了生命。它才是真正地为我献出了一切呢！等我从废墟中把它找出来，只是一堆碎木板、木条和木块了。我请来一个能干的木匠，想把它复原。木匠师傅瞅着它，抽着烟，最后摇了摇头，并且莫名其妙地瞧了我一眼，显然他不明白我何以有此意图——又不是复原一件破损的稀世古物。

它就这样在我的生活中没了。

我需要书桌，只得另买一张。新买的桌子宽大、实用、漆得铿亮，高矮也挺合适。我每每坐在这崭新却陌生的大书桌前，就觉得过去的一切像那不能再生的书桌一样，烟消云散，虚无缥缈，再也无从抓住似的……

我因此感到隐隐的忧伤。不由得想起几句话，却想不起是谁说的了：“呵，生活，你真迷人……哪怕是久已过去的，也叫人割舍不得；哪怕是不幸的，也渐渐能化为深沉的诗。”

日历

我喜欢用日历，不用月历。为什么？

厚厚一本日历是整整一年的日子。每扯下一页，它新的一页——光亮而开阔的一天便笑嘻嘻地等着我去填满。我喜欢日历每一页后边的“明天”的未知，还隐含着一种希望。“明天”乃是人生中最富魅力的字眼儿。生命的定义就是拥有明天。它不像“未来”那么过于遥远与空洞。它就守候在门外。走出了今天便进入了全新的明天。白天和黑夜的界线是灯光，明天与今天的界线还是灯光。每一个明天都是从灯光熄灭时开始的。那么明天会怎样呢？当然，多半还要看你自己的。你快乐它就是快乐的一天，你无聊它就是无聊的一天，你匆忙它就是匆忙的一天。如果你静下心来就会发现，你不能改变昨天，但你可以决定明天。有时看起来你很被动，你被生活所选择，其实你也在选择生活，是不是？

每年元月元日，我都把一本新日历挂在墙上。随手一翻，光溜溜的纸页花花绿绿滑过手心，散发着油墨的芬芳。这一刹那我心头十分快活。我居然有这么大把大把的日子！我可以做多少事情！前边的日子就像一个个空间，生机勃勃，宽阔无边，迎面而来。我发现时间也是一种空间。历史不是一种空间吗？人的一生不是一个漫长又巨大的空间吗？一个个“明天”，不就像是一间间空屋子吗？那就要看你把什么东西搬进来。可是，时间的空间是无形的，触摸不到的。凡是使用过的日子，立即就会消失，抓也抓不住，而且了无痕迹。也许正是这样，我们便会感受到岁月的匆匆与虚无。

有一次，一位很著名的表演艺术家对我讲她和她的丈夫的一件事。她唱戏，丈夫拉弦。他们很敬业。天天忙着上妆上台，下台下妆，谁也顾不上认真看对方一眼，几十年就这样过去了。一天老伴忽然惊讶地对她说：“哎哟，你怎么老了呢！你什么时候老的呀？我一直都在你身边怎么也没发现哪！”她受不了老伴脸上那种伤感的神情。她就去做了美容，除了皱，还除去眼袋。但老伴一看，竟然流下泪来。时针是从来不会逆转的。倒行逆施的只有人类自己的社会与历史。于是，光阴岁月，就像一阵阵呼呼的风或是闪闪烁烁的流光，它最终留给你的只有是无奈而频生的白发和消耗中日见衰弱的身躯。为此，你每扯去一页用过的日历时，是不是觉得有点像扯掉一个生命的页码？

我不能天天都从容地扯下一页。特别是忙碌起来，或者从什么地方开会、活动、考察、访问归来，看见几页或十几页过往的日子挂在那里，黯淡、沉寂和没用。被时间掀过的日历好似废纸。可是当我把这一叠用过的日子扯下来，往往不忍丢掉，而把它们塞在书架的缝隙或夹在画册中间。就像从地上拾起的落叶。它们是我生命的落叶！

别忘了，我们的每一天都曾经生活在这一页一页的日历上。

记得一九七六年唐山大地震那天，我住的长沙路思治里十二号那个顶层上的亭子间被彻底摇散，震毁。我一家三口像老鼠那样找一个洞爬了出来。当我的双腿血淋淋地站在洞外，那感觉真像从死神的指缝里侥幸地逃脱出来。转过两天，我向朋友借了一架方形铁盒子般的海鸥牌相机，爬上我那座狼咬狗啃废墟般的破楼，钻进我的房间——实际上已经没有屋顶。我将自己命运所遭遇的惨状拍摄下来，我要记下这一切。我清楚地知道这是我个人独有的经历。这时，突然发现一堵残墙上居然还挂着日历——那蒙满灰土的日历的日子正是地震那一天：一九七六年七月二十八日，星期三，丙辰年七月初二。我伸手把它小心地扯下来。如今，它和我当时拍下的照片，已经成了我个人生命史刻骨铭心的珍藏了。

由此，我懂得了日历的意义。它原是我们生命忠实的记录。从“隐形写作”的含义上说，日历是一本日记。它无形地记载我每一天遭遇的、面临的、经受的，以及我本人应对与所作所为，还有改变我的和被我改变的。

然而人生的大部分日子是重复的——重复的工作与人际，重复的事物与相同的事物都很难被记忆，所以我们的日历大多页码都是黯淡无光的。过后想起来，好似空洞无物。于是，我们就碰到一个非常重要的关于人本的话题——记忆。人因为记忆而厚重、智慧和变得理智。更重要的是，记忆使人变得独特。因为记忆排斥平庸。记忆的事物都是纯粹而深刻个人化的。所有个人都是一个独特的

“个案”。记忆很像艺术家，潜在心中，专事刻画我们自己的独特性。你是否把自己这个“独特”看得很重要？广义地说，精神事物的真正价值正是它的独特性。无论是一个人，还是一种文化。记忆依靠载体。一个城市的记忆留在它历史的街区与建筑上，一个人的记忆在他的照片上、物品里、老歌老曲中，也在日历上。

然而，人不能只是被动地被记忆，我们还要用行为去创造记忆。我们要用情感、忠诚、爱心、责任感，以及创造性的劳动去书写每一天的日历，把这一天深深嵌入记忆里。我们不是有能力使自己的人生丰富、充实以及具有深度和分量吗？

所以我写过：“生活就是创造每一天。”

我还在一次艺术家的聚会中说：“我们今天为之努力的，都是为了明天的回忆。”

为此，每每到了一年最后的几天，我都是不肯再去扯日历。我总把这最后几页保存下来。这可能出于生命的本能。我不愿意把日子花得精光。你一定会笑我，并问我这样就能保存住日子吗？我便把自己在今年日历的最后一页上写的四句诗拿给你看：

岁月何其速，
哎呀又一年；
花叶全无迹，
存世惟诗篇。

正像保存葡萄最好的方式是把葡萄变为酒，保存岁月最好的方式是致力把岁月变为永存的诗篇或画卷。

现在我来回答文章开始时那个问题：为什么我喜欢日历？因为日历具有生命感。或者说日历叫我随时感知自己的生命并叫我思考如何珍惜它。

时光

一岁将尽，便进入一种此间特有的情氛中。平日里奔波忙碌，只觉得时间的紧迫，很难感受到“时光”的存在。时间属于现实，时光属于人生。然而到了年终时分，时光的感觉乍然出现。它短促、有限、性急，你在后边追它，却始终抓不到它飘举的衣袂。它飞也似的向着年的终点扎去。等到你真的将它超越，年已经过去，那一大片时光便留在过往不复的岁月里了。

今晚突然停电，摸黑点起蜡烛。烛光如同光明的花苞，宁静地浮在漆黑的空间里；室内无风，这光之花苞便分外优雅与美丽；些许的光散布开来，朦胧依稀地勾勒出周边的事物。没有电就没有音乐相伴，但我有比音乐更好的伴侣——思考。

可是对于生活最具悟性的，不是思想者，而是普通大众。比如大众俗语中，把临近年终这几天称为“年根儿”，多么真切和形象！它叫我们顿时发觉，一棵本来是绿意盈盈的岁月之树，已被我们消耗殆尽，只剩下一点点根底。时光竟然这样的紧迫、拮据与深浓……

一下子，一年里经历过的种种事物的影像全都重叠地堆在眼前。

不管这些事情怎样庞杂与艰辛，无奈与突兀，我也想从中找到自己的足痕。从春天落英缤纷的京都退藏到冬日小雨空蒙的雅典德尔菲遗址；从重庆荒芜的红卫兵墓到津南那条神奇的蛤蜊堤；从一个会场到另一个会场，一个活动到另一个活动中；究竟哪一些足迹至今清晰犹在，哪一些足迹杂沓模糊甚至早被时光干干净净一抹而去？

我瞪着眼前的重重黑影，使劲看去。就在烛光散布的尽头，忽然看到一双眼睛正直对着我。目光冷峻锐利，逼视而来。这原是我放在那里的一尊木雕的北宋天王像。然而此刻他的目光却变得分外有力。它何以穿过夜的浓雾，穿过漫长的八百年，锐不可当、拷问似的直视着任何敢于朝他瞧上一眼的人？显然，是由于八百年前那位不知名的民间雕工传神的本领、非凡的才气；他还把一种阳刚正气和直逼邪恶的精神注入其中。如今那位无名雕工早已了无踪影，然而他那令人震撼的生命精神却保存下来。

在这里，时光不是分毫不曾消逝吗？

植物死了，把它的生命留在种子里；诗人离去，把他的生命留在诗句里。

时光对于人，其实就是生命的过程。当生命走到终点，不一定消失得没有痕迹，有时它还会转化为另一种形态存在或再生。母与子的生命的转换，不就在延续着整个人类吗？再造生命，才是最伟大的生命奇迹。而此中，艺术家们应是最幸福的一种。唯有他们能用自己的生命去再造一个新的生命。小说家再造的是代代相传的人物；作曲家再造的是他们那个可以听到的迷人而永在的灵魂。

此刻，我的眸子闪闪发亮，视野开阔，房间里的一切艺术珍品都一点点地呈现。它们不是被烛光照亮，而是被我陡然觉醒的心智召唤出来的。

其实我最清晰和最深刻的足迹，应是书桌下边，水泥的地面上那两个被自己的双足磨成的浅坑。我的时光只有被安顿在这里，它才不会消失，而被我转化成一个个独异又鲜活的生命，以及一行行永不褪色的文字。然而我一年里把多少时光抛入尘嚣，或是支付给种种一闪即逝的虚幻的社会场景。甚至有时属于自己的时光反成了别人的恩赐。检阅一下自己创造的人物吧，掂量他们的寿命有多长。艺术家的生命是用他艺术的生命计量的。每个艺术家都有可能达到永恒，放弃掉的只能是自己。是不是?

迎面那宋代天王瞪着我，等我回答。

我无言以对，尴尬到了自感狼狈。

忽然，电来了，灯光大亮，事物通明，恍如更换天地。刚才那片幽阔深远的思想世界顿时不在，唯有烛火空自燃烧，显得多余。再看那宋代的天王像，在灯光里仿佛换了一副神气，不再那样咄咄逼人了。

我也不用回答他，因为我已经回答自己了。

往事如“烟”

从家族史的意义上说，抽烟没有遗传。虽然我父亲抽烟，我也抽过烟，但在烟上我们没有基因关系。我曾经大抽其烟，我儿子却绝不沾烟，儿子坚定地认为不抽烟是一种文明。看来个人的烟史是一段绝对属于自己的人生故事。而且在开始成为烟民时，就像好小说那样，各自还都有一个“非凡”的开头。

记得上小学时，我做肺部的X光透视检查。医生一看我肺部的影像，竟然朝我瞪大双眼，那神气好像发现了奇迹。他对我说：“你的肺简直跟玻璃的一样，太干净太透亮了。记住，孩子，长大可绝对不要吸烟！”

可是，后来步入艰难的社会。我从事仿制古画的单位被“文革”的大锤击碎。我必须为一家塑料印刷的小作坊跑业务，天天像沿街乞讨一样，钻进一家家工厂去寻找活计。而接洽业务，打开局面，与对方沟通，先要敬上一支烟。烟是市井中一把打开对方大门的钥匙。可最初我敬上烟时，却只是看着对方抽，自己不抽。这样反而倒有些尴尬。敬烟成了生硬的“送礼”。于是，我便硬着头皮开始了抽烟的生涯。为了敬烟而吸烟。应该说，我抽烟完全是被迫的。

儿时，那位医生叮嘱我的话，那句金玉良言，我至今未忘。但生活的警句常常被生活本身击碎。因为现实总是至高无上的。甚至还会叫真理甘拜下风。当然，如果说起我对生活严酷性的体验，这还只是九牛一毛呢！

古人以为诗人离不开酒，酒后的放纵会给诗人招来意外的灵感；今人以为作家的写作离不开烟，看看他们写作时脑袋顶上那纷纭缭绕的烟缕，多么像他们头脑中翻滚的思绪啊。但这全是误解！好的诗句都是在清明的头脑中跳跃出来的；而“无烟作家”也一样可以写出大作品。

他们并不是为了写作才抽烟。他们只是写作时也要抽烟而已。

真正的烟民全都是无时不抽的。

他们闲时抽，忙时抽；舒服时抽，疲乏时抽；苦闷时抽，兴奋时抽；一个人时抽，一群人更抽；喝茶时抽，喝酒时抽；饭前抽几口，饭后抽一支；睡前抽几口，醒来抽一支。右手空着时用右手抽，右手忙着时用左手抽。如果坐着抽，走着抽，躺着也抽，那一准是头一流的烟民。记得我在自己烟史的高峰期，半夜起来还要点上烟，抽半支，再睡。我们误以为烟有消闲、解闷、镇定、提神和助兴的功能，其实不然。对于烟民来说，不过是这无时不伴随着他们的小小的烟卷，参与了他们大大小小一切的人生苦乐罢了。

我至今记得父亲挨整时，总躲在屋角不停地抽烟。那个浓烟包裹着的一动不动的蜷曲的身影，是我见到过的世间最愁苦的形象。烟，到底是消解了还是加重了他的忧愁和抑郁？

那么，人们的烟瘾又是从何而来？

烟瘾来自烟的魅力。我看烟的魅力，就是在你把一支雪白和崭新的烟卷从烟盒抽出来，性感地夹在唇间，点上，然后深深地将雾化了的带着刺激性香味的烟丝吸入身体而略感精神一爽的那一刻。即抽第一口烟的那一刻。随后，便是这吸烟动作的不断重复。而烟的魅力在这不断重复的吸烟中消失。

其实，世界上大部分事物的魅力，都在这最初接触的那一刻。

我们总想去再感受一下那一刻，于是就有了瘾。所以说，烟瘾就是不断燃起的“抽上一口”——也就是第一口烟的欲求。这第一口之后再吸下去，就成了一种毫无意义的习惯性的行为。我的一位好友张贤亮深谙此理，所以他每次点上烟，抽上两三口，就把烟灭在烟缸里。有人说，他才是最懂得抽烟的。他抽烟一如赏烟，并说他是“最高品位的烟民”。但也有人说，这第一口所受尼古丁的伤害最大，最具冲击性，所以笑称他是“自残意识最清醒的烟鬼”。但是，不管怎么样，烟最终留给我们的是发黄的牙和夹烟卷的手指，熏黑的肺，咳嗽和痰喘，还有难以谢绝的烟瘾本身。

父亲抽了一辈子烟，抽得够凶。他年轻时最爱抽英国老牌的

“红光”，后来专抽“恒大”。“文革”时发给他的生活费只够吃饭，但他还是要挤出钱来，抽一种军绿色封皮的最廉价的“战斗牌”纸烟。如果偶尔得到一支“墨菊”“牡丹”，便像今天中了彩那样，立刻眉开眼笑。这烟一直抽得他晚年患“肺气肿”，肺叶成了筒形，呼吸很费力，才把烟扔掉。

十多年前，我抽得也凶，尤其是写作中。我住在人民文学出版社写长篇时，四五个作家挤在一间屋里，连写作带睡觉。我们全抽烟，天天把小屋抽成一片云海。灰白色厚厚的云层静静地浮在屋子中间。烟民之间全是有福同享。一人有烟大家抽，抽完这人抽那人。全抽完了，就趴在地上找烟头。凑几个烟头，剥出烟丝，撕一条稿纸卷上，又一支烟。可有时晚上躺下来，忽然害怕桌上烟火未熄，犯起了神经质，爬起来查看查看，还不放心。索性把新写的稿纸拿到枕边，怕把自己的心血烧掉。

烟民做到这个份儿，后来戒烟的过程必然十分艰难。单用意志远远不够，还得使出各种办法对付自己。比方，一方面我在面前故意摆一盒烟，用激将法来锤炼自己的意志；一方面在烟瘾上来时，又不得不把一支不装烟丝的空烟斗叼在嘴上。好像在戒奶的孩子的嘴里塞上一个奶嘴，致使来访的朋友们哈哈大笑。

只有在戒烟的时候，才会感受到烟的厉害。

最厉害的事物是一种看不见的习惯。当你与一种有害的习惯诀别之后，又找不到新的事物并成为一种习惯时，最容易出现的情况便是返回去。从生活习惯到思想习惯全是如此。这一点也是我在小说《三寸金莲》中“放足”那部分着意写的。

如今我已经戒烟十年有余。屋内烟消云散，一片清明，空气里只有观音竹细密的小叶散出的优雅而高逸的气息。至于架上的书，历史的界线更显分明：凡是发黄的书脊，全是我吸烟时代就立在书架上的；此后来者，则一律鲜明夺目，毫无污染。今天，写作时不再吸烟，思维一样灵动如水，活泼而光亮。往往看到电视片中出现一位奋笔写作的作家，一边皱眉深思，一边喷云吐雾，我会哑然失笑，并庆幸自己已然和这种糟糕的样子永久地告别了。

一个边儿磨毛的皮烟盒，一个老式的有机玻璃烟嘴，陈放在我的玻璃柜里。这是我生命的文物。但在它们成为文物之后，所证实的不仅仅是我做过烟民的履历，它还会忽然鲜活地把昨天生活的某一个画面唤醒，就像我上边描述的那种种的细节和种种的滋味。

去年，我去北欧。在爱尔兰首都都柏林的一个小烟摊前，一个圆形红色的形象忽然跳到眼中。我马上认出这是父亲半个世纪前常抽的那种英国名牌烟“红光”。一种十分特别和久违的亲切感涌来。我马上买了一盒。回津后，在父亲祭日那天，用一束淡雅的花衬托着，将它放在父亲的墓前。这一瞬竟让我感到了父亲在世时的音容，很生动，很贴近。这真是奇妙的事！虽然我明明知道这烟曾经有害于父亲的身体，在父亲活着的时候，我希望彻底撇掉它。但在父亲离去后，我为什么又把它十分珍惜地自万里之外捧了回来？

我明白了，这烟其实早已经是父亲生命的一部分。

从属于生命的事物，一定会永远地记忆着生命的内容，特别是在生命消失之后。我这句话是广义的。

物本无情，物皆有情，这两句话中间的道理便是本文深在的主题。

第六章

山川有感

这个温和的民族过于热爱生活，他们把生活看作是阳光、花朵、绿色、美食和音乐组成的。他们更愿意尽享这上天赐予的一切，而不想为了占有太多的身外之物而承受过大的负担。

维也纳生活圆舞曲[1]

清早醒来，不睁开眼，尽量用耳朵来辨认天天叫醒我的这些家伙们。单凭听力，我能准确地知道这些家伙所处的位置，是在窗前那株高大的针叶树里边，还是远远地站在房脊和烟囱上。当然，我不知道这些家伙的名字。我的家乡绝没有这么多种奇奇怪怪又美妙的叫声，我的城市里只有麻雀。

有一种叫声宛如花腔女高音，婉转、嘹亮、悠长，变化无穷，它怎么能唱出如此丰富而不重复的音乐？后来我在十四区博物馆听鸟儿们的录音时，才知道这家伙名叫AMSEL。它长得并不美。我在闭目倾听它的鸣唱时，把它想象得美若彩凤。其实它全身乌黑的羽毛，一个长长的黄嘴，好似一只小乌鸦叼着一支竹笛子。

我发现，闭上眼睛时，声音会变得特别清晰和富于形象。有一种叫声像是有人磕牙，另一种叫声好似老人叹息，声音沙哑又苍老，但它们总是在很远很远的地方。还有一种鸟叫得很像是猫叫。一天，它一边叫，一边从我的窗前飞过。我幻觉中出现一只

① 本文入选人教版义务教育课程标准实验教科书（语文五年级下册）。

“飞的猫”。

一位奥地利朋友称这种清晨时鸟儿们的合唱为“免费的音乐会”。参加这音乐会的还有远远近近教堂的钟声。我闭目时也能听出这些钟声来自哪座教堂。从远方传来的卡尔大教堂的钟声沉雄而又持久，来自后街上克罗利茨小教堂的钟声却清脆而透彻。小教堂钟声的加入，常常使这免费音乐会达到高潮。然而，每每在这个时候，从窗子外会溜进来一股什么花香钻进我的鼻孔。

五月里的维也纳是“花的天下”。

家家户户挂在窗外的长方形的花盆全都鲜花盛开，绚烂的颜色好像是这些家庭喷发出来的。许多商店用彩色的花缠绕在门框上，穿过这门就如同走进花的巢穴。按照惯例，城市公园年年都用鲜花装置起一座大表，表针走得很准时，花儿组成的表盘年年都是全新的图案。今年，园艺家们别出心裁，还在公园东北角临街的一块高地上，用白玫瑰和冬青搭起一架芬芳的三角钢琴。于是，维也纳的灵魂：音乐与花，全叫它表达出来。

古老依旧的维也纳，也很难找到一条笔直的路。开车在这些弯弯曲曲又畅如流水的街道上跑着，两边的景物全像是突然冒出来的。或是一座宁静又精雅的房舍，或是几株像喷泉一样开满花朵的树，或是一个雕像……这是行驶在笔直的路上绝对没有的感受。而且，跑着跑着，很容易想起音乐来。在这个音乐之都中，最重要的并不是到处的音乐会，到处的音乐家雕像与故居，而是你随时随地都会无声地感受到音乐的存在。所以勃拉姆斯说：“在维也纳散步可要小心，别踩着地上的音符。”

有人说，真正的维也纳的音乐并不在金色大厅或歌剧院，而是在城郊的小酒馆里。当然，卡伦堡山下的那些知名的小酒馆的乐手们过于迎合浅薄的旅游者的口味了。他们的音乐多少有点商业化。如果躲开这些旅游者跑到更远的一些乡村的“当年酒家”里坐一坐，便能够体会到真正的维也纳音乐。坐在长条的粗木凳上，一边饮着芳香四溢的当年酿造的葡萄酒——那种透明的发黏的纯紫色的葡萄酒更像是葡萄汁，一边咬着刚刚出炉、烫嘴、喷香而流油的烤猪排——那是一种差不多有二尺长、很嫩的猪肋，忽然欢快的华尔兹在你耳边响起。扭头一看，一个满脸通红的老汉，满是硬胡茬的下巴夹着一把又小又老的提琴，在你身后起劲地拉着。他朝你挤着眼，希望你兴奋起来，尽快融入音乐。一条短尾巴的大黑狗已经围着他的双腿起劲地左转右转。整个酒馆的目光都快活地抛向他。音乐，是撩动人们心情的“神仙的手指”。这才是维也纳灵魂之所在。

曾经疆土极其辽阔的奥匈帝国已然灰飞烟灭，它使得今天的奥地利人在心理上难以平衡。他们一边酸溜溜地感叹着往事不堪回首，一边又要矜持地守卫着昔日的高贵与尊严。这也是维也纳古城原貌得以保持的根由之一。至今，那些古老建筑依然刷着王公贵族所崇尚的牙黄色的涂料。奥地利人和意大利人在保护古城上的想法全然相反。意大利人绝对不把老墙刷新，让历史的沧桑感和岁月感斑斑驳驳地披在建筑上，他们为这种历史美陶醉和自豪，在罗马、佛罗伦萨、锡耶纳，连墙上的苔藓也不肯清除掉；但在奥地利，每隔一段时间建筑要刷新一次，他们总想感受到昨日的辉煌。于是，在维也纳城中徜徉，真的会觉得时光倒流，曾经威风八面的哈布斯堡王朝恍惚还在——特别是背后响起旅游马车驶过时“嘚嘚”的蹄声。

在维也纳最没有改变的是它的节律。

看着维也纳人到处光着膀子躺在绿地中央睡大觉，或是在街头咖啡店一坐就是几个小时，或是开着车去到城外泡在湖中，无法想象他们怎么工作或靠什么活着。

如果计算走路的速度，日本人比奥地利人至少快五倍，美国人比奥地利人快七倍。全维也纳人走在大街上都像是散步。

有人说，是奥地利人太多的节日和宗教的红日稀释了他们的节奏。他们还没有从一个甜蜜的节日里清醒过来，又进入了下一个节日。

有人说，是奥地利健全的保险体制使他们毫无后顾之忧，同时奥地利的税制又不鼓励他们发大财。收入愈高，税会愈高，而且高得惊人，它叫你最终放弃了成为巨富与“世界百强”的狂想，选择温饱和放松。

然而，有人则说，归根到底还是奥地利人本性使然。这个温和的民族过于热爱生活，他们把生活看作是阳光、花朵、绿色、美食和音乐组成的。他们更愿意尽享这上天赐予的一切，而不想为了占有太多的身外之物而承受过大的负担。也许你会认为他们不思进取，不尚深刻，但他们却很满足自己拥有的蛮不错的现状。

所以，在维也纳绝对看不到华尔街上那种如狼似虎的表情，看不到纽约地铁中那种严峻与紧张；即使在市中心的商业街上，也看不到银座一带那种物欲横流与人声鼎沸。

懒散的、松弛的、悠闲的奥地利人呵！

还有人说，还应该看维也纳的另一面。他们拥有十七位诺贝尔奖的获奖者，有维特根斯坦、弗洛伊德和波普，他们都曾把人类的思考推向某一个极致。但是从社会的全景观看，不少思想者因为生活平淡和无聊而自杀。他们受不了维也纳天天一样的生活，他们酗酒，因此，在维也纳，许多醉汉在醒来之后都是思想家。

最消磨维也纳人的时光，又使他们难以摆脱的是咖啡。

五月里，维也纳大大小小的咖啡店都把咖啡座位搬到道边乃至街道中央。从日头高照支起阳伞的上午十时直到点上蜡烛的夜晚，那里总是有不少人。然而，看上去维也纳的咖啡店与巴黎很不一样。巴黎人在咖啡店里好像总是前后左右挤在一起，维也纳人仿佛全都舒舒服服地坐在头等舱内。

传说，维也纳人的咖啡来自土耳其。有的说是十六世纪土耳其军队从维也纳逃跑时扔下两麻袋咖啡，从此咖啡传遍奥地利；有的说是一名亚美尼亚籍的奥地利间谍打进土耳其军队，目的是想弄明白土耳其士兵为什么一上阵就那么兴奋，最后获得一个极为重要的情报，就是他们喝了咖啡。

据说就是这位亚美尼亚籍的间谍，战后在维也纳开了第一家咖啡店。这家咖啡店早已无迹可寻，但维也纳三百年的咖啡文化却十分隽永而深厚。

还有一个传说。说五个旅游者到维也纳喝咖啡，维也纳的咖啡有三十六种，五个旅游者每人点了一种咖啡，都喝得很美。后来他们去到德国，在咖啡店里也是各点了一种咖啡。结果德国人端出来的咖啡却是一样的。

这个嘲笑德国人的故事在维也纳无人不知。维也纳很自豪他们咖啡种类的繁多。我最喜欢的是一种加奶沫的淡咖啡，名叫美朗士。然而，如果回到天津，坐在书桌前喝美朗士就完全不是滋味了。那就必须去到维也纳，与朋友散步间随便在一家街头咖啡店坐下，两腿一伸，让傍晚的清风吹进裤管，同时依着兴致，找一个话题聊起来，并时不时端起美朗士，把这种带着微微刺激和芳香的液体，薄薄地浇在舌苔上。

维也纳奉行着享乐主义。他们的享乐一半以上是享受大自然和艺术。所以他们一定是唯美主义者。

在这一点上，维也纳人有点像日本人。他们精心打扮自己的家园，绝不草率地对待任何一个角落和一个细节。维也纳是采用垃圾分类的城市，街道两旁常常放着一排六七个垃圾箱，箱盖的颜色不同，表明箱内的垃圾不同。有的是塑料，有的是金属，有的是生物，有的是玻璃……即使玻璃，也要把有色的和无色透明的严格区分出来。维也纳人对生活的精细和精心由此可知。那些街头的花坛，很少同一种花种上一片，总是用许多不同种类和颜色的花精巧地搭配在一起。这也是他们的传统。世界上还有哪个城市墙面上的浮雕比维也纳多？从巴洛克到青年风格派，每一座建筑的墙面都是建筑师们随心所欲发挥想象力的画布。

维也纳是座唯美的城市。为此，维也纳人绝不会随意毁坏它。支持维也纳人城市保护意识的理论，来自历史学家蓝柯的那句名言：“从历史的原状认识历史。”欧洲人一向把自己的历史精神看得至高无上，因此他们不会把历史的遗物当作岁月的垃圾。这座城市的所有街道几乎都是老街。铺路面的石块往往还是二百年前埋在那里的，如今有的已磨成亮光光的石蛋，有的布满裂痕，像一张张古怪的脸。所有老店都把自己一两个世纪前开张时的年号镶在墙上，愈古老愈荣耀。当老店易主而转手他人时，也不会重新装修，因为古老的风格具有不可复制的历史气息。更不要说去干那种把老楼推倒重建的蠢事了。这种一二百年前的房子，都是小小的门，长长的走廊，四四方方的庭院和高深莫测的大房间，也都曾出现在茨威格的小说里。每一层楼的过道墙上都有一个水龙头和饰有花纹的生铁铸成的水盆，乃是昔时几家邻居共用的“上下水”。虽然早已废弃不用，却没有人把它拆卸下来。人们都知道——由于当年这里是女人们经常碰面和搬弄是非的地方，所以它有一个既生动又风趣的外号，叫“长舌妇”。

有的人家在“长舌妇”里边栽上一些红色或粉色的花。

维也纳是世界上标志最多的城市。这些标志大多是一种圆形小牌，把一些特殊的规定用形象的方式表达出来。

比方地铁车厢里那种指定的老弱病残的座位上，会有一排小圆牌，画着大肚子的孕妇、戴墨镜的盲人、拄拐的残疾人和凹胸凸背的老者。比如公园内的进口处，往往也有许多小圆牌，用图像告诉人们不能骑车，不能遛狗，不能吓唬小鸟；下雨时不能站在树下，以防雷电攻击；对花粉过敏者要小心繁花怒放的地方。

维也纳对花的热爱带来的负面影响，是引发人们花粉过敏。每到春天，都有人在街头用手绢捂住鼻子，还止不住大声如吼地打喷嚏，因为花粉过敏无药可治。

如果细看，他们这些标志总带着一种对他人的关切。当然，还不止于对人。比如一些商店谢绝狗入内，就在门前画一只可怜兮兮的小狗，用狗的口气说：“看来我只能待在这里了。”

它叫你感受到这个城市的人性与温情。

我第一次到维也纳，是参加IOV（国际民间艺术组织）的考察活动，那是1988年。接待我们的秘书长是一位致力于国际民间艺术交流的志愿者，名叫法格尔。他做过上奥州共产党的书记，1963年弃政从文，奔走于世界各地，他相信民间艺术的交流是人类最纯洁和本色的交流。他从四十多岁一直干到七十五岁，已经有一百四十多个国家的会员，各种民间艺术的交流活动遍及全球，故而这个由他一手操办的纯民间团体被联合国认定为B级组织。但是他只能从政府那里得到一点很微薄的支持，其他经费全由自己一手运筹。穷困难支时，便掏自己的口袋。多年来，他已经把自己的房产搭进去了。

为此，我把他视为知己。无论世界任何地方，民间文化都在被无知地轻视着。民间文化事业是寂寞的，它的支持者都是虔诚的奉献者。

十五年来，我在世界不少地方开会时都和他碰在一起，从希腊、奥地利、匈牙利、波兰到中国。我还多次拜访设在维也纳郊外的IOV总部。十五年前他目光锐利、手势果断、行走挺劲的样子，依然鲜明地浮在眼前，但如今他已是眼神迟疑、说话无力、双手下意识地不停抖着。我望着他，心里有点伤感。他的理想把他的精力掏空了。岁月对于他和他致力的民间文化都非常无情。他却犹然坚定地对我说：艺术与体育不一样。体育最终只承认第一，第一风光无限，第二就不那么重要了；但艺术是平等的，不同的文化艺术同样重要，相互不能替代，只有交流。

我说，文化交流最终的目的，不是为了一样，而是为了更不一样。

另一个让我感动的维也纳人是建筑师和画家百水。

有人说，二十世纪的建筑师中有两个怪人，都是一任天真，充满童真和奇特的想象。一位是西班牙的高迪，一位是奥地利的百水。他们的风格都是一望而知的。比如百水，流动在他建筑上的曲线，积木般的圆柱子，带表情的窗子，凹凸不平的地面等都散发着他一无遮掩的个性。但百水更重要的意义是他视“环保”为天职。

2003年的维也纳之旅使我结识到一位在奥工作的中国女孩。她曾与百水有过一段情谊真挚的交往。我和她交谈，使我一下子看到了百水的灵魂。这个灵魂是绿色的、透明的，绝无任何杂质。

他平时喜欢头上扣一个彩色的小帽子，衣着随便，家里边一塌糊涂，走出门时，常常一只脚穿一种颜色的袜子。二十世纪六十年代，他在一次演讲时，忽然把衣服脱下，当众赤裸。听众中有一位是女议员，这使当场的气氛很紧张。人们攻击这位放荡不羁的艺术家行为过分。但他说，他想表示人有五层皮肤：第一层是宇宙，第二层是大自然，第三层是空气，第四层是衣服，第五层才是皮肤。每一层都不能破坏。

也许百水是聪明的。他知道在媒体霸权的时代，他以这个“非常”的方式可以使人们记住他的思想：捍卫大自然！

由此，我理解到，他的作品全是他思想的工具——

他把垃圾处理厂设计得那么美丽，是因为这里可以完成垃圾的梦想——还原于生活。他设计的房子，要不到处是树木，有时屋顶还是一片绿意莹莹的小树林呢；要不就与大地混在一起，一部分房间干脆钻入地下。一种对大自然的亲切感让人感动。至于他常常把地面设计得凹凸不平，是想使人随时感到大地的生命韵律。

他画中那些年轮般环环相套的线条，象征着大自然的生命；那些螺旋状的柱子，象征生命的成长；那些葱头状的屋顶，象征生命所孕育的勃勃生机。他作画不用化学颜料，只用矿物质的颜料。他喜欢随心所欲地作画，就像大自然中的草木自由自在地生长。

他的艺术个性不就是他思想的个性吗?

尤其是在全球工业化和商品化的时代，他的思想与行为有着特殊和紧迫的意义。

1998年他在法国买了一处房子，看上去很像原始人的住所。没有人知道他买这个房子为了什么。后来，他又在新西兰买了一处不大的农场。那片土地全然与世隔绝，一切生物都没有污染和破坏。他时时一个人裸体地生活在那里。这时人们才明白，百水想做一个纯粹的自然人。

他说：大自然给人最珍贵的东西是纯洁，人应该把纯洁还给它。

2000年2月，他死在了异乡。死前他留下了遗嘱，说他要赤身裸体埋在他新西兰那块净土中。他要把自己纯洁地还给大自然。他身体力行地完成了自己的追求。虽然他的遗体远葬他乡，却把他终生经营的绿色的理想散布在维也纳的空气里了。

我在维也纳见过三个小小的“奇迹”——

第一，在市中心戒指路上那家著名的蓝特曼咖啡店，我与魏德大使夫人聊天。时时会有觅食的鸟儿从我们中间“唰”地飞过。它们每一次飞过，我们都会微笑一下。世界上什么地方还会有这般美妙的情景？

第二，我和朋友们在普拉呼塔餐馆吃水煮牛肉。当服务生将一瓶上好的葡萄酒斟入我的酒杯时，即刻有一只蜜蜂飞落在我的杯沿上。它金黄色球形的肚子一鼓一鼓，玻璃样的翅膀一张一合。世界上哪里还会有这样神奇的事情发生？

第三，一天出门散步，在我居所后边一条小街上停着一辆白色的小轿车，车后边装一个铁架子，上边放一个奥式的长条的花盆，里边金黄色的菊花正在盛开。世界上哪里的人会把鲜花装在车上，带着它到处奔跑？

只有维也纳。

维也纳是个生活的城市。但这里的人不是为生活而生活，而是为美、为享受美而生活。他们的一切生活片断都可以转化为圆舞曲，所以才出现了圆舞曲之王施特劳斯。

如果说莫扎特是萨尔茨堡的灵魂，施特劳斯则是维也纳的灵魂。也许它不够深刻，但它把人类快乐而华丽的美推向了极致。

1995年奥地利政府决定与匈牙利合办世界博览会，并指定在空旷的多瑙河南岸开辟新区，像巴黎的拉德芳斯那样，兴建现代化的建筑场馆。但此举遭到维也纳人的反对。一种维也纳式的思维爆发了：我们生活得已经很好了，为什么还要拼命干？世博会一来，一定会扰乱我们的生活！故而举行全体市民的公投表决，最终还是把世博会否决掉了。

于是，维也纳依旧是鲜花、皇宫、老街、咖啡、施特劳斯的旋律和“免费的音乐会”。

如果你是维也纳人，你会选择怎样的生活？如果你不是维也纳人，你在这座世界文化名城里，愿意看到怎样的一种生活？

维也纳森林的故事[①]

维也纳人的骄傲与福气之一，是他们生活在层层叠叠的绿色包围之中。森林不单是维也纳人度假游玩的去处，平日黄昏人们也常常驱车到城市东北角的卡伦堡山上，敞开肺叶，张开嘴巴，大口吸吮林海散发出来的清新、湿润、凉意和充沛的氧气。放眼远眺，绿海无边，每一棵树都是一朵绿色的浪花，多少树才汇成这海一样无边无际的森林？维也纳人整天眼睛被城市的奇光异彩所眩惑，此刻觉得绿色真是一种净化眼睛和心灵的颜色。

所以，维也纳人喜欢绿色。绿色的家具、窗帘、墙壁、器皿都是常见的。盐溪湖一带专门烧制一种带有绿色条纹的陶瓷，是奥地利最富特色的民间工艺之一。这里的男人还爱穿绿色西服，打绿色领带，就像温暖的澳大利亚的男人们爱穿淡红色的衬衫一样。

世人只知道这片森林受益于施特劳斯的名曲《维也纳森林的故事》而名扬天下，引来千千万万旅游者，为这座城市赢得外汇，哪

---

① 本文入选上海教育出版社版九年义务教育课本（语文六年级第二学期）等教材。

里知道维也纳人与这片森林生命攸关，互惠互助，相依相存，因而才给了那位“圆舞曲之王”以创作的灵感、冲动和深情。

维也纳森林到底有多大？有人说面积四十平方公里，有人说方圆百里。其实这个被称作“森林王国”的奥地利，拥有三百七十万公顷森林，整个国家土地的百分之四十四被森林所覆盖。处处森林相连，谁能找到这维也纳森林的边缘？

一出城市，到处是这样的景色：向阳的山坡上，林色鲜翠；背阳的山坡上，森森然像一片埋伏在那里披甲戴盔的兵阵。森林之间是大片大片的开满鲜花的牧草，很难看见土的颜色。维也纳森林是指维也纳城市近郊一带，地势最高不过海拔四百米，很少针叶树，多为阔叶林，榆槐桉桐等数十种树木，交相混杂，每逢春至，树上开花，小鸟欢叫，各种野生小动物奔跃其间。这感觉与南部蒂罗尔州那种高山峻岭，松柏参天，雪溪喷泻，全然两样。这里的森林清新柔和，温文尔雅，倒与维也纳这个城市的味道更相调和。

森林不单使人赏心悦目，呼吸舒畅，排除烦恼，它还神奇地调节着气温。在维也纳，无论太阳怎样灼热，只要钻到树荫里便立刻清爽宜人。这感觉异常分明。“太阳地”和“阴凉地”，好似两个季节。中午与早晚，温差非常分明。即使炎夏时节，日落之后，空气会很快凉爽下来，维也纳人在夏天夜里也要盖被子睡觉，特别是一场雨后，天气如秋，气候多变，穿衣服跟不上变化。有时风起雨过，那些等候公共汽车的人群，可谓千奇百怪。有的依然穿背心光膀子，有的已经穿上毛衣和皮夹克。此种奇观，很像中国北方的

“二八月乱穿衣”，但这里却是“五六月乱穿衣”了。

在我游览维也纳郊外一座皇家猎宫时，骤然风雷交加，大雨疾降，忽见大片草地冒起浓浓白烟，林间更是烟雾飞扬，很是壮观。这种景象以前很少见到。导游告诉我，这因为森林和草地吸收阳光的热量，冷雨一浇，顿成烟雾。我才深知森林与草地作用的非凡。

人在地球上繁衍生长，正是大自然万物相互调剂、相互受益、相互依存的结果。万物与环境共存亦共亡。恐龙正是因为环境改变而绝种。倘若人类无知，盲目而任意破坏自己的生存环境，必将是恐龙第二，那便只有等待外星人来，为灭绝的地球人类唏嘘叹息。

维也纳人明白，宜人的气候不只是上帝的恩赐，更由于祖祖辈辈对这种恩赐倍加珍爱。早在1852年奥地利就颁布了《森林法》，一百余年，沿用至今。这实际上就是严格的森林保护法，科学性与应用性结合得很完美。比如采伐，伐掉的那一片林木的空地，正是需要阳光射入、促使森林更好生长之处。所以，奥地利人从来不缺乏木材，也不缺乏绿色。

如果留心观察，还会发现维也纳人对房前屋后的草地就像对居室内的地毯一样爱惜。你很难发现一小块枯草。他们甚至不肯使用汽车里的空调，担心废气污染草木与空气。在这个百万人口的大城市里，无论何处，张目一看，总有鲜艳的花木在视野之内；放眼望去，空气透明，视线无阻，只要目力所及，那些远远站在楼顶上的一座座雕像的面孔，都能看得一清二楚，绝无尘烟障目……这样，各种各样的鸟儿就像在维也纳森林里一样，无忧无虑地生活在城市的千楼万宇中间。

一天黄昏，我在城市公园正兴致勃勃欣赏露天音乐会，忽然大厅顶上发出声声异样鸣叫，音调似猫，其声宏大。扭头望去，原来是一只大孔雀站在上面。孔雀是逞强好胜的飞禽，它要与乐队一比高低。这引得欣赏音乐的人们都笑起来，但没有人驱赶孔雀，乐队更起劲地演奏，随后便是乐队与孔雀边奏边唱，奇妙之极。

还有比这表达大自然与人类和谐亲密关系的更美好的颂歌吗？这不正是《维也纳森林的故事》最动人的深层内涵吗？

古希腊的石头

每到一个新地方，首先要去当地的博物馆。只要在那里边待上半天或一天，很快就会与这个地方“神交”上了。故此，在到达雅典的第二天一早，我便一头扎进举世闻名的希腊国家考古博物馆。

我在那些欧洲史上最伟大的雕像中间走来走去，只觉得我的眼睛被那个比传说还神奇的英雄时代所特有的光芒照得发亮。同时，我还发现所有雕像的眼睛都睁得很大，眉清目朗，比我的眼睛更亮！我们好像互相瞪着眼，彼此相望。尤其是来自克里特岛那些壁画上人物的眼睛，简直像打开的灯！直叫我看得神采焕发！在艺术史上，阳刚时代艺术中人物的眼睛，总是炯炯有神；阴暗时期艺术中人物的眼睛，多半暧昧不明。当然，“文革”美术除外，因为那个极度亢奋时代的一些人注射了一种病态的政治激素。

我承认，希腊人的文化很对我的胃口。我喜欢他们这些刻在石头上的历史与艺术。由于石头上的文化保留得最久，所以无论是希腊人，还是埃及人、玛雅人、巴比伦人，以及我们中国人，在初始时期，都把文化刻在坚硬的石头上。这些深深刻进石头里的文字与图像，顽强又坚韧地表达着人类对生命永恒的追求，以及把自己的一切传之后世的渴望。

然而，永恒是达不到的。永恒只是很长很长的时间而已。古希腊人已经在这时间旅程中走了三四千年。证实这三四千年的仍然是这些文化的石头。可是如今我们看到了，石头并非坚不可摧。世界上没有任何东西可以把人带到永远。在岁月的翻滚中，古希腊人的石头已经满是裂痕与缺口，有的只剩下一些残块和断片。

在博物馆的一个展厅，我看到一截石雕的男子的左臂。虽然只是这么一段残臂，却依然紧握拳头，昂然地向上弯曲着，皮肤下面的血管膨勃鼓胀，脉搏在这石臂中有力地跳动。我们无法看见这手臂连接着的雄伟的身躯，但完全可以想见这位男子英雄般的形象。一件古物背后是一片广阔的历史风景。历史并不因为它的残缺而缺少什么。残缺，却表现着它的经历、它的命运、它的年龄，还有一种岁月感。岁月感就是时间感。当事物在无形的时间历史中穿过，它便被一点点地消损与改造，并因而变得古旧、龟裂、剥落与含混，同时也就沉静、苍劲、深厚、斑驳和朦胧起来。

于是一种美出现了。

这便是古物的历史美。历史美是时间创造的。所以它又是一种时间美。我们通常是看不见时间的。但如果你留意，便会发现时间原来就停留在所有古老的事物上。比如那深幽的树洞、凹陷的老街、泛黄的旧书、磨光的椅子、手背上布满的沟样的皱纹，还有晶莹而飘逸的银发……它们不是全都带着岁月和时间深情的美感吗？

这也是一种文化美。因为古老的文化都具有悠远的时间的意味。

时间在每一件古物的体内全留下了美丽的生命的年轮，不信你掰开看一看！

凡是懂得这一层美感的，就绝不会去将古物翻新，甚至做更愚蠢的事——复原。

站在雅典卫城上，我发现对面远远的一座绿色的小山顶上，爽眼地竖立着一座白色的石碑。碑上隐隐约约坐着一两尊雕像。我用力盯着看，竟然很像是佛像！我一直对古希腊与东方之间雕塑史上那段奇缘抱有兴趣，便兴冲冲走下卫城，跟着爬上了对面那座名叫阿雷奥斯·帕果斯的草木葱茏的小山。

山顶的石碑是一座高大的雕着神像的纪念碑。由于历时久远，一半已然缺失。石碑上层的三尊神像，只剩下两尊，都已经失去了头颅，可是他们依然气宇轩昂地坐在深凹的洞窟里。这时，使我惊讶的是，它竟比我刚才在几公里之外看到的更像是两尊佛像。无论是它的窟形，还是从座椅垂落下来的衣裙，乃至雕刻的衣纹，都与敦煌和云岗中那些北魏与西魏的佛像酷似！如果我们将两个佛头安装上去，也会十分和谐的！于是，它叫我神驰万里，一下子感到世纪前丝绸之路上那段早已逝去的令人神往的历史——从亚历山大东征到希腊人在犍陀罗为原本没有偶像崇拜的印度人雕刻佛像，再到佛教东渐与中国化的历史——陡然地掉转过头，五彩缤纷地扑面而来。

原来时间隧道就在希腊人的石头中间！在这隧道里，我似乎已经触摸到消失了数千年的那一段时光了。这时光的触觉，光滑、柔软、流动，还有一些神秘的凹凸的历史轮廓。我静静坐在山顶一块山石上，默默享受着这种奇异和美妙的感受，直到夕阳把整个石碑染得金红，仿佛一块烧透了的熔岩。

由此，我找到了逼真地进入希腊历史的秘密。

我便到处去寻访古老的文化的石头，从那一片片石头的遗址中找到时光隧道的入口，钻进去。

然而，我发现希腊到处全是这种石头。希腊人说他们最得意的三样东西就是：阳光、海水和石头。从德尔菲的太阳神庙到苏纽的海神庙，从埃皮达洛夫洛斯的露天剧场到迈锡尼的损毁的城堡，它们简直全是巨大的石头的世界。可是这些石头早已经老了。它们残缺和发黑，成片地散布在宽展的山坡或起伏的丘陵上。数千年前，它们曾是堆满财富的王城、聆听神谕的圣坛或人间英雄们竞技的场所。但历史总是喜新厌旧的。被时光筛子筛下来的只有这些破碎的房宇、残垣败壁、断碑、兀自竖立的石柱、东一个西一个的柱头或柱础。

尽管无情的历史遗弃它，有心的希腊人却无比珍惜它。他们保护这些遗址的方式在我们看来十分奇特。他们绝不去动一动历史遁去之后的“现场”。一根石柱在一千年前倒在那里，今天绝不去把它扶立起来。因为这是历史的本来面目。尊重历史就是不更改历史。当然他们又不是对这些先人的创造不理不管。常常会有一些“文物医生”拿着针管来，为一些正在开裂的石头注射加固剂，或者定期清洗现代工业造成的酸雨给这些石头带来的污迹。他们做得小心翼翼，好像这些石头在他们手中依然是活着的需要呵护的生命。

他们使我们认识到，每一块看似冰冷的古老的石头，其实并没有死亡，它们犹然带着昔时的气息。它们各自不同的形态都是历史的表情，石头上的残痕则是它们命运的印记与年龄的刻度。认识到这些，便会感到我们已身在历史中间。如果你从中发现到一个非同寻常的细节，那就极有可能是神奇的时间隧道的洞口了。

迈锡尼遗址给人的感受真是一种震撼。这座三千多年前用巨石砌成的城堡，如今已是坍塌在山野上的一片废墟。被时光磨砺得分外粗糙的巨大的石块与齐腰的荒草混在一起。然而，正是这种历史的原生态，才确切地保留着它最后毁灭于战火时惊人的景象。如果细心察看，仍然可以从中清晰地找到古堡的布局、不同功能的房舍与纵横的甬道。1876年德国天才的考古学家谢里曼就是从这里找到了一个时光隧道的入口，从隧道里搬出了伟大的荷马说过的那些黄金财宝和精美绝伦的“迈锡尼文化”——他实际是活灵活现地搬出来古希腊一段早已泯灭了的历史。谢里曼说，在发掘出这些震惊世界的迈锡尼宝藏的当夜，他在这荒凉的遗址上点起篝火。他说这是二千二百四十四年以来的第一次火光。这使他想起当年阿伽门农王夜里回到迈锡尼时，王后克莉登奈斯特拉和她的情夫伊吉吐斯战战兢兢看到的火光。这跳动的火光照亮了一对狂恋中的情人眼睛里的惊恐与杀机。

今天，入夜后如果我们在遗址点上篝火，一样可以看到古希腊这惊人的一幕，我们的想象还会进入那场以情杀为背景的毁灭性的内战中去。因为，迈锡尼遗址一切都是原封不动的。时光隧道还在那些石头中间。于是我想，如果把迈锡尼交给我们——我们是不是要把迈锡尼散乱的石头好好“整顿”一番，摆放得整整齐齐，再将倾毁的城墙重新砌起来，甚至突发奇想，像大声呼喊着“修复圆明园”一样，把迈锡尼复原一新。如若这样，历史的魂灵就会一下子逃离而去。

珍视历史就是保护它的原貌与原状。这是希腊人给我们的启示。

那一天，天气分外好。我们驱车去苏纽的海神庙。车子开出雅典，一路沿着爱琴海，跑了三个小时。右边的车窗上始终是一片纯蓝，像是电视屏幕的蓝卡。

海神庙真像在天涯海角。它高踞在一块伸向海里的险峻的断崖上。看似三面环海，视野非常开阔。这视野就是海神的视野。而希腊的海神波塞冬就同中国人的海神妈祖一样，护佑着渔舟与商船的平安。但不同的是，波塞冬还有一个使命是要庇护战船。因为波斯人与希腊人在海上的争雄，一直贯穿着这个英雄国度的全部历史。

可是，这座世纪前的古庙，现今只有石头的庙基和两三排光秃秃的多里克石柱了。石柱上深深的沟槽快要被时光磨平。还有一些断柱和建筑构件的碎块，分散在这崖顶的平台上，依旧是没人把它们“规范”起来。没有一个希腊人敢于胆大包天地修改历史。这些质地较软的大理石残件，经受着两千多年的阵阵海风吹来吹去，正在一点点变短变小，有几块竟然差不多要湮没在地面中了，一些石头表面还像流质一样起伏。这是海风在上边不停地翻卷的结果。可就是这样一种景象，使得分外强烈的历史感一下子把我包围起来。

纯蓝的爱琴海浩无际涯，海上没有一只船，天上没有鹰鸟，也没有飞机。无风的世界了无声息。只有明媚的阳光照耀着古希腊这些苍老而洁白的石头。天地间，也只有这些石头能够解释此地非凡的过去，甚至叫我们想起爱琴海的名字来源于爱琴王——那个悲痛欲绝的故事。爱琴王没有等到出征的王子乘着白色的帆船回来，他绝望地跳进了大海。这大海是不是在那一瞬变成这样深浓而清冷的蓝色？爱琴王如今还在海底吗？他到底身在哪里？在远处那一片闪着波光的“酒绿色的海心”吗？

等我走下断崖时，忽然发现一间专门为游客服务的商店。它故意盖在侧下方的隐蔽处。在海神庙所在的崖顶的任何地方，都是绝对看不见这家商店的。当然，这是希腊人刻意做的。他们绝对不让我们的视野受到任何现代事物的干扰，为此，历史的空间受到了绝对与纯正的保护！

我由衷地钦佩希腊人！

希腊人告诉我们，保护古代文明遗产，需要的是对历史的深刻理解与崇拜、科学的方法、优雅的美感和高尚的文化品位。因为历史文明是一种很高的意境。

创造古希腊的是历史文明，珍惜古希腊的是现代文明。而懂得怎样珍惜它，才是一种很高层次的文明。

意大利断想

一个东西方文化交流史的盲点深深吸引着我：丝绸之路的东端是中国，西端是意大利，这两端恰恰都是光辉灿烂的美术大国。通过这条世纪前就开通了的丝绸之路，东西方把他们各自拥有的布帛、香料、陶瓷、玻璃、玉石、牲畜等彼此交换；中国人制造丝绸的技术至迟在七世纪就传到西西里，但为什么独独在美术方面却了无沟通？

我曾面对洛阳龙门石窟雕刻的那“北市香行社造像龛”一行小字发呆——在唐代，罗马的香料已被妇女作为时髦物品，为什么在这浩大的石窟内却找不到欧洲雕刻的直接影响？

在十六世纪，当米开朗琪罗等人叮叮当当把他们的激情与想象凿进坚硬的石头，中国人早已告别石雕艺术的时代。如果马可·波罗把霍去病墓前那些怪异的石兽运一个回去，说不定意大利文艺复兴运动就会以另一景象出现。而当聚集在佛罗伦萨和威尼斯的画家们，用无与伦比的写实技术在画布上创造出一个个活生生的人物时，中国画家早就从写实走向写神，以幻化的水墨，随心所欲地去表达内心非凡的感受。当然，意大利画家也是从未见到过这些中国画家的作品。直到十八世纪，郎世宁来到中国时，东西方艺术已全然是两个世界了。

比较而言，西方艺术家尊崇物质，东方更注重自己的精神情感。由此泛开而说，西方人一直努力把周围的一切一点点儿弄清楚，东方人却超乎物外，享受大我。一句话，西方人要驾驭物质，东方人要驾驭精神。经过十几个世纪，西方人把飞船开到月球，东方人仍在古老的大地上原地不动，精神却遨游天外。

东西方文化具有相悖性。

相悖，才各自拥有一个世界，自己的世界对于对方才是全新的。人类由于富有这东西方相悖的两种文化，它才立体，它才完整。

最大和最完整的事物都是两极的占有。

现在看来，丝绸之路主要是一条贸易通道。对于文化，它只是在不自觉中交流了文化，而不是自觉交流了文化。

正因为如此，东西方艺术便在相互独立的状态中形成了自己的一套。幸亏如此！如果它们像现代社会这样在文化上互通有无，恐怕东西方文化早就变成一只黄老虎和一只白老虎了。

我联想到现在常常说到的“文化交流”这个概念，并为此担虑。文化交流与科技交流本质不同。科技交流为了取消差距，文化交流只能是为了加大区别。谁能够做到这些?

文化是有个性的。文化的全部价值都在自己的个性里。文化相异而并存，相同而共失。因此，文化交流不是抵消个性，而必须是强化个性，谁又能这样做?

可是，天下有多少明白人？弄不好最终这世界各处全都是清一色的文化“八宝饭”，或者叫“文化的混血儿”。

与别人不同容易，与自己不同尤难。比如这三座同为意大利名城的罗马、佛罗伦萨和威尼斯——

罗马依旧有股子帝国气象。好似一头死了的狮子，犹然带着威猛的模样。这恐怕由于它一直保持原帝国都城的规模和格局，连同昔时的废墟亦兀自荒凉着，甚至那些古老建筑的碎块，遗落在地，绝不移动。原封不动才保住历史的真实。从来没有人提出那种类似“修复圆明园”的又蠢又无知的主张。建设现代城市中心则另辟新区。对于一个城市的文化史来说，死去的罗马比活着的罗马还要神圣。

罗马的美，最好是在雨里看。到处的中世纪粗大笨重的断壁残垣在白茫茫雨雾中耸立着，那真是一种人间神话。我从斗兽场出来，赶上这样的大雨，小布伞快要给雨水浇塌，正在寻求逃避之路，陡然感到自己竟是站在历史里。那城角、券洞、一根根多里克或科林斯石柱、一座座坍塌了上千年的废墟，远远近近地包围着我。回头再看那斗兽场已经被雨幕遮掩得虚幻模糊，却无比巨大地隔天而立。一时分不清自己是在罗马的遗迹里还是在罗马的时代里。它肃穆、雄浑、庄严和神奇……这独特的感受是在世界任何地方都不曾得到的。古建筑不是死去的史迹，而是依然活着的历史的细胞。如果失去这些，我们从哪里才能感受真正的罗马的灵魂。

我痴迷地立着，任凭大雨淋浇，鞋子像灌满水的篓儿。

然而，这种罗马气象在佛罗伦萨就很难看到了。佛罗伦萨整座城市干脆说就是文艺复兴时期的象征。从乌菲齐博物馆二楼长廊上的小窗向外望去，阿尔诺河的两岸连同那座廊式老桥的桥上，高高矮矮一律是文艺复兴时代红顶黄墙的小楼，在湛蓝湛蓝的天空与河水的对比下，明丽而古雅。比起罗马时代，它轻快而富于活力；比起后来的巴洛克时代，它又朴素和沉静。看上去，佛罗伦萨是拒绝现代的。也许由于文艺复兴时代迸发的人文精神仍是今天欧洲精神的支柱和源泉，它滔滔汩汩，奔涌不绝。人们既把它视为过去，也作为现在。佛罗伦萨是文化的百慕大，站在其中会丧失时间的概念。

黄昏时在老街上散步。足跟敲地，好似叩打历史，回声响在苔痕斑驳的石墙上。还有一人的脚步声在街那边，扭头瞧，哎，那瘦瘦的穿长衣的男人是不是画圣母的波提切利？

比起罗马与佛罗伦萨，威尼斯散发着它独有的浪漫气质。这座在水上的城市，看上去像半身站在水里。那些古色古香建筑的倒影都被波浪摇碎，五彩缤纷地混在一起晃动着。入夜时，坐上一种尖头尖尾的名叫“贡多拉”的小船，由窄窄而光滑的水道穿街入巷，去欣赏这座婉转曲折的水城每一个诗意和画意的角落，不时会碰到一些年轻人，船头挂着灯，弹着吉他，唱着情歌，擦船而过。世界上所有傍河和临海的城市都有种开放的精神，何况这水中的威尼斯！在金碧辉煌的圣马可广场上，成千上万的鸽子中间有无数从海上飞来的长嘴的海鸥……

城市，不仅供人使用，它自身还有一种精神价值。这包括它的历史经历、人文积淀、文化气质和独有的美，它的色调、韵律、味道和空间境象，这一切构成一种实实在在的精神，这城市人的性格、爱好、习惯、追求、自尊，都包含其中。城市，既是一种实用的物质存在，也是一种高贵的精神存在。

你若把它视为一种精神，就会尊敬它，珍惜它，保卫它；你若把它仅仅视为一种物质，就会无度地使用它，任意地改造它，随心所欲地破坏它。一个城市的精神是无数代人创造积淀出来的。一旦被破坏，便再无回复的可能。失去了精神的城市该是什么样子？

我忽然想到今年年初到河南，同样跑了三座东方古城：郑州、洛阳和开封。

这三座古城对我诱惑久矣。谁想到一观其面，竟失望得达到深切的痛苦。

哪里还有什么“九朝古都”“商城”和“大宋汴京”的气象，

这分明是在内地常见的那种新兴城市。连老房子也多是本世纪失修的旧屋。郑州那条土夯的商代城墙，被挤在城市中间，好似一条废弃的河堤。从历史文化的眼光看，洛阳的白马寺差不多像个空庙。开封那花花绿绿新建的宋街呢？一条只有十年历史的如同影城中的仿古街道，能给人什么认识与感受？是一种自豪还是自卑感？

不要拒绝拿郑州、开封、洛阳去和罗马、佛罗伦萨、威尼斯相对照吧，我们这三座古城和中原文化曾经是何等的辉煌！

在梵蒂冈，最令我激动的不是《拉奥孔》与《摩西》，不是拉斐尔的《雅典学院》和达·芬奇的《圣徒彼得》，而是西斯廷教堂穹顶上那经过长长十二年修复后重现光辉的米开朗琪罗的壁画。

这人类历史最伟大也最壮观的壁画，使西斯廷教堂成为解读神学和展示天国景象的圣殿。然而自从十六世纪的米开朗琪罗完成这幅壁画，历经五百年尘埃遮蔽，烛烟熏染，以及一次次修整时刷上去的防止剥落的亚麻油，这些有害物质使画面昏暗模糊，失去了往日的光彩。

从本世纪六十年代起[①]，梵蒂冈博物馆的克拉路奇教授和他的助手将壁画拍摄成七千张照片，进行精密研究，并选择了两千个部分做了修复试验，终于确定方案，自一九八二年到一九九四年展开了本世纪最浩大的古代艺术的修复工程。终于使得米开朗琪罗以非

---

① 二十世纪六十年代。

凡的才华叙述的这个天国故事，好似拨云见日一般再现在人们的仰视之中。我们头一次如此透彻地读到了世间对神学的最权威和最动人的解释，也如此清澈地看到了米开朗琪罗出神入化的笔触。在此之前，谁能想到那画在高高穹顶上亚当的头部，竟然这样轻描淡写？而描绘《末日审判》中基督的脸颊，居然大笔挥洒，总共只用了三笔！倘若不是这次修复，我们怎能领略到这个艺术大师如此非凡才华的细节？

请注意，修缮西斯廷教堂壁画的原则，既非“整旧如新”，也非“整旧如旧”，而是一个新的目标：整旧如初。

整旧如新，即改变历史面貌地粉刷一新；整旧如旧，虽能保住历史原貌，但对那些残破的古物，只能无奈地顺从时光磨损，剥落不堪，面目不清；而整旧如初，才是真正回复到最初的也是最真实的面貌。

这种只有靠高科技才能达到的“整旧如初”，是古物修复的历史性进步。它终于实现了先人的梦想：复活历史。

可以相信，如今我们仰望西斯廷教堂穹顶的壁画时，就同一五一一年米开朗琪罗大功告成时的情景全然一样。

我们享受到了历史的艺术，也享受到了艺术的历史。

在米兰，也在以同样的目标修复举世闻名的达·芬奇的壁画

《最后的晚餐》。这个将历时七年的修复工程是开放式的，使我们得以看到修复人员的工作方式。

由于达·芬奇当年作画时不断更换和试用新颜料，这幅壁画尚未完工就开始剥蚀，如今它已成为世界上残损最重的壁画之一。此刻，技术人员站在画前的铁架上，以每一平方厘米为单元精心修饰。粗看这些技术人员一动不动，好似静止；细看他们的动作缜密又紧张，犹如外科医生正在做开颅手术！

然而，说到最令我震动的，却不是在这些艺术的圣殿里，而是在街头——

居住在佛罗伦萨那天，晨起闲步，适逢一夜小雨，拂晓方歇，空气尤为清冽，鸟声也更明亮。此时，忽从高处掉下一块墙皮，恰有一位老人经过，拾起这墙皮。墙皮上似有彩绘花纹，老人抬头在那些古老的房子上寻找脱落处，待他找到了，便将墙皮恭恭正正立在这家门口，像是拾到这家掉落的一件贵重的东西。

我不禁想，如果这事发生在我们的城市里，谁会这样做？

我对一位朋友说起这事。当时我的情绪有些激动。我的朋友笑道：“你的精神是不是有点奢侈？”

我一怔，默然自问，却许久不得答案。

阿尔卑斯山的精灵

晚间，坐在诺基尔森镇郊外的乡间小店又宽大又松软的椅子上，才感到疲劳。一种充满快感的疲劳。脑袋什么也不想了，里边塞满了图画一般的风光，挥之不去；再没有力量写日记了，但还是硬拿起笔在本子上记了一句：

今日之行乃是我平生走过的最美的一条路。

此后我想过一个问题：为什么奥地利历史上没产生过伟大的风景画家？从克里姆特、希勒、百水到马克斯·魏勒，几乎都与风景绝缘。即使是彼得迈耶时代也没有出现一个非常出色的画风景的高手。也许艺术的本质都是对未竟的美的一种追求，是饥渴之时心中的盛宴。可是面对萨尔茨堡这片美丽到达极致的山光水色又能做什么？只有享受而没有欲望。可我又想，奥地利毕竟不是绘画而是音乐的王国，这山水的精魂不是早都进入他们的音乐之中了？

尤其是驱车飞驰其间，车子的两边，大片大片被草原和森林覆盖的丘陵无止无休地起伏着。这丘陵的轮廓全是曲线，舒缓、流畅、变化不已。眼前一片碧草茸茸的开阔地慢慢地凹陷下去，后边齐齐的一排浓绿色的松林渐渐升起。不等它完整地展现出来，一条开满鲜红的罂粟花的低谷纵向地穿越过去，带着一种浪漫而放纵之情伸向极远的地方，可是跟着黑压压的杉树林就把它甩在自己的身后。阳光在树干之间跳跃着。是的，音乐的资质在这里表现出来了。这跳动的亮点是轻捷而快速的钢琴的琴音。但很快就被一片弦乐如潮水一般地淹没。辽阔的草原与森林又绕回到车窗上。又是丘陵延绵不断起伏的曲线。这曲线不就是那些优美而无形的旋律吗？连他们特有的华尔兹的节奏也在里边。所以我一直以为，正是这山水的精灵浸入了奥地利音乐家的灵魂之中，他们才有那种不竭的灵感和匪夷所思的才华。

大山如同一个男人，它一定在某时某地表现出自己的威严和博大。

要想见识一下名叫“阿尔卑斯”这个男人的豪气，就去大钟山！

驾车从它宽阔的山谷盘旋而上，好似驾机升空。这就一定会经历一种奇观。开始，无边的森林一层层地落下去，整个身体就像从巨大无比的浓绿的染桶里缓缓升起。阳光把窗外的绿色反射到车里，连白色的衬衣也会令人惊奇地淡淡发绿。这时，来自斜上方一种强烈的光愈来愈亮。那不是太阳，而是白雪，有些白雪与天上的白云连成一气。等到路边的草坑与石缝里忽然出现一块块白雪，车子至少已经在一千五百米以上。随后便是白雪愈来愈多，从地上到树上。我发现自己正从一个绿色的世界升入一个银白又纯净的世界。原来大自然如此地升华!

到了二千五百米,走出车子,干脆就在大雪的世界里。尽管终年的积雪厚厚地遮盖着群山,但大山还是清晰地显示出它雄健的形态与骨气。让我惊讶的是,在那些极远又极冷的雪谷冰峰之间,哪来的一些又长又细的痕迹——从这边陡直的雪坡上断断续续一直向西,直到远处的迷雾中——原来是滑雪的人们留下的!他们用这些匪夷所思的行为在这冰雪之巅书写了自己的无畏。我的心不由得一动,似乎我碰到这大山的一种魂灵。

阿尔卑斯山引为自豪的是克里姆瀑布。延绵千里的沉默的大山只有在飞瀑流泉这种地方才得以开口说话。它咆哮呼号,如雷般地爆发。而且远在数里之外,就把喷发出的水珠如同牛毛细雨一般散布在空气里,并乘风而来,凉滋滋地扑在我的脸上。

面对这一如大雪飞动的克里姆瀑布,我知道,它来自大钟山那些冰峰雪岭。过几天我又在远远一个地方找到它的归宿——那就是闻名世界的萨尔茨堡湖区。

天边的雪山是瀑布的父亲,大地上的湖泊是瀑布的母亲。

如果跳过瀑布,湖泊是雪山终极之地。为此,那些白皑皑的雪山全都静卧在这纯蓝而透明的湖水中休憩。

使我不解的是,这湖心近一百米深的湖水,水质怎么能保持着饮用的标准？

在这里，无论任何一股引自山泉的木槽里的水，任何一条游动着浅黑色鳟鱼的溪流，全都可以放心地痛饮一番。究竟是谁维护着大自然的本色与纯洁？

在克里姆瀑布对面的道边摆着一件艺术品。一头蓝色的大牛身上画满透明的水滴。牛是萨尔茨堡的象征，水滴表示对每一滴水的珍惜与爱护。对于热爱艺术的阿尔卑斯山民来说，这件十分醒目、优美和富于想象的艺术品胜过无数空洞的标语口号。所以在整个阿尔卑斯山的山区里看不见一条标语。他们喜欢用美的语言传播思想。那天晚上，我们的驻地诺基尔森镇在举办每年一次的水节。在镇上一间用原木搭建的俱乐部里，先是几位本地的音乐家演奏几支与水相关的乐曲，然后由一位邀请来的研究水的学者，向百姓们介绍关于水的知识和保护水源的最新的科学技术。他们把水的知识灌输到在水的源头生活着的人。

从我的向导弗莱蒂口中得知，这片天国般的风光实际上承受着极大的压力。冬天时大雪蒙山，这压力来自滑雪爱好者；夏天里冰雪融化，带来压力的是游客。每年冬天，单是来到滑雪胜地萨尔巴河新格兰特镇的滑雪爱好者就有一百二十万；到了夏天，只是弗歇尔湖的游客就在五十万以上。

可是，旅游收入已经关系到这些地方的经济命脉。至少百分之六十的经济收入直接来自旅游与滑雪。

在地球变暖的时代，逢到缺雪的冬季，人们要把湖水引到山顶，通过喷洒，还原为雪，以保持足够数量的游客。

但他们绝不会毁掉自己的家园，换成现金。比如那种方便游客却破坏景观的缆车，自一九二二年以来就没有再建新的缆车线路。另一方面他们的目标也很明确，就是不再吸引更多的游人到这里来。也就是始终要把游客的数量限定在可以良性地运行的范围之内。

采尔湖畔一家制作传统皮裤的师傅告诉我，他制作这种裤子的皮子来自红鹿。但在这里，猎取红鹿是要经过严格控制的。红鹿生长得很慢，寿命十二年到十五年。如果不加限制地猎取，红鹿就会濒危或灭绝。因此猎人必须持有猎证，而且要在指定时间和猎区之内猎取红鹿，还必须绝对地服从规定的数量。每个猎区一定要保持四十只活蹦乱跳的红鹿才行。

不仅是猎区里的红鹿，每个林区的树木的数量也有硬性的规定。

这样，阿尔卑斯山才永远是活着的。

五月的森林会出现一种奇异的景象。常常从林间冒出一股烟来。一会儿在这儿，一会儿在那儿。有的很小很淡，很快就消散；有的很大很浓，像烟岚飘得挺远。挺神奇的。这是高山上的云吗？可怕的山火吗？那种传说中丑怪的山鬼躲在里边抽烟吗？

我在这里新结识的朋友奥托告诉我："这是松树在传送花粉，山上有风，一吹就会散发出来。"他还说，"你很幸运，这样的事六七年才出现一次。"

我笑了，说："这是树之间的爱情。爱情不能总发生的。"

奥托个子不高，硬邦邦，像山上的一块岩石，但走起路来，浑身充满弹性。和他握手就觉得突然被一只很大的钳子钳住。他今年六十五岁，依旧做登山教练。我的伙伴说："您这样的老人爬山可要小心了。"他马上满脸不高兴地说："我怎么会是老人？"

一个山民在旁边说："人的年龄大小全听他自己的。"

这是山民的一句格言。

阿尔卑斯山的人，全爱登山。奥托说，在登山时全身每一块肌肉都能用上。所以，每次从山上下来后，浑身会感觉舒服得无与伦比。肺部就像山谷那样开阔而畅快。他登山已经四十六年，从来不走正路，喜欢挑选野路和陡坡，这样总保持全身的一种新鲜和矫健的感觉。他说，总走老路，对山就没有感觉了。

他还说无论多高大的山也没有危险，只有需要克服的困难。比如登山过程中，忽然遇到了暴风雨与闪电，只要迅速下降五十米就可以了。

他说他已经属于阿尔卑斯山，他认识这山上所有的一花一草一树一石。只有在山上才感到浑身有力量，有目标，也有情感。

我听了，笑道："甭说在山上，现在说到山，你已经很有力量很有情感了。"

五月的山野到处被青翠的草场所覆盖。一大块一大块深深浅浅的草地好似不同绿色的毯子。一些体魄健硕的大牛站在草地上，低着头慢吞吞地吃草，吃饱了就随便一卧打盹睡觉。此时，草地上到处开着一种黄色的小花，花儿繁密的地方绿草地变成一片鲜黄的花海。牛吃草时也吃花。记得十年前我在下奥州阿尔卑斯山下的圣·斯太克村，拜访一位老版画家弗里德利希·那云戈保尔。他送给我一张版画，画着一头牛，浑身全是草和花。他告诉我："它（指牛）最爱吃的东西都在它自己身上。"所以这期间的牛奶全都微微发黄，带着一些花的芬芳，喝到口中味道有点神奇的感觉，做出的奶酪也特别好吃。

这里没有人放牧。先前，山民们总在牛颈上拴一个铃铛。铃铛的形状接近方形，造型挺特别，声音也特别，虽然有点发闷却传得很远。牛主人单凭铃声就知道牛在哪里。据说三十年前有个美国游客搞恶作剧，摘下了牛铃铛，结果受到不小的一笔罚金。因为没有铃铛，牛就可能遗失在大山里。如今山民们不再使用铃铛，而在牛耳朵上挂个硬塑的小牌，上边有主人的名字、地址和电话，此外还有牛的年龄、重量以及它"父母"的情况。因此，在这里的市场上买任何一块牛肉，都是可以查到这头牛的来历的。

奥地利人的细致大概只有日本人可以与之相比，尤其在对待他们的家园上。

他们不仅把居室布置得很美，也同样着意地打扮室外的风景。奥地利人种花与日本人也很相近，他们不喜欢像荷兰人那样一个品种的花种一大片，他们爱用许多不同颜色和种类的花精巧地搭配在一起。而且每个人都把自己的家园当作作画的白纸，极力去表达自己的品位与情趣。有的人喜欢灿烂之美，就用各色玫瑰种满墙栏内外；有的人偏爱幽深之美，便使用常春藤把小楼严严实实地包裹起来，只留一些窗洞从中闪着光亮……这样，家家户户都如画一般令人驻足观赏。

此间，正是割草季节。草长得又旺又肥，山民割下青草，储备起来，作为冬日牛儿们的食粮。今天，割草与储草已采用现代技术。割草机像给草场理发一样，“推”下鲜嫩肥壮的一层，然后装进塑料袋，封好袋口抽成真空，这样在冬天打开袋子时，青草依然碧绿如新。于是，在这些草场中，常常可以看到一种淡绿色规格一样的塑料包，整齐地排放在草场上，看上去十分美观。

对于阿尔卑斯人来说，保持景观之美是一个传统。这传统一半来自他们唯美，一半是做事一丝不苟，很精心。

山民们堆放木柴时，从来都是用剖面不同的木头拼成各种图案，很好看。至于他们造房盖屋，更注重与周围景色的和谐。他们不会彼此挤在一起，而总是像画家那样，在风光无限的地方，放上自己心爱的小屋。

为此，在整个人类都分外关切环境的当代，他们对环境美的要求便更加自觉。在周游阿尔卑斯山的几天里，我有意用苛刻和挑剔的目光注意观察，竟然没在任何乡镇、牧场和乡路上发现一块垃圾，连一个丢弃的塑料袋也没有。在当今世界，还有哪个地方能把环境美保护得如此绝对？

唯有唯美的萨尔茨堡的湖区。

由于他们唯美，才一直深爱和执着地遵循着自己的传统。

他们不崇尚美国式的高楼大厦以及时髦的现代建筑。他们新建房舍时，所选择的仍旧是那种坡顶、大阳台、上上下下种满鲜花的传统的木楼。当然里边的硬件设施都是现代科技的产物。但他们的衣着为什么还是民族服装？比方我在这里结识的弗莱蒂、奥托、弗里茨这几个男人，为什么都穿那种传统的紧身背带裤，足蹬长筒皮靴，上边一件绣花的粗线毛衣？

奥托笑道："因为你是贵客。凡是正式和隆重场合，我们就要穿传统的服装。"我知道，这表示对客人的尊重。

传统方式是这里至高的礼仪。

在新格兰特镇附近，途经一个小村时，聚了一些人，像有什么大事。一辆六人驾驶的老式马车停在一座房屋前。驾车的骑手穿戴得非常漂亮。人群中有老人，也有年轻的姑娘和孩子，还有神甫。一打听，原来是村中一对老夫妇在过金婚。这时我注意到所有人全穿着民族盛装，只有神甫穿着细长的黑袍子，一位被围在中间的老妇人戴着一顶传统的精美无比的金帽子。老妇人肯定是今天金婚的主角了，这亮闪闪的金帽子就是她五十年前的陪嫁。于是，场面显得分外隆重、神圣又淳朴和欢快。一个尊重自己历史文化的民族，总是令人感动和敬佩的！

我一按相机快门，忘了抬起手指，马达一转，一卷胶片转到头。

我忽然想起，十五年前我作为IOV的中国成员，来到萨尔茨堡观看一个乡村民间歌舞团的表演。其中一个节目，十来个小伙子神气活现地跳上台来。他们上身穿着民族服装，下边踩着高跷，高跷外套一条黑色长裤，个个足有三米高，很像他们每年六月过“山松节”时的巨人山松。他们用木跷使劲跺地，声音震耳，威风凛凛。据说这是在表演冬日的森林。随后上台的是一个丑怪的小人，在树林中间窜来窜去，他是冬日的精灵。最后一个穿着长裙、梳一条辫子、十分漂亮的姑娘跑上台来，她代表着美丽的春天。于是春天开始在森林中驱赶冬天，经过一个艰辛的过程，终于将严冬赶出森林。舞台上出现一片万物复苏的春天景象。在活泼快乐的乐曲中，围在春姑娘四周的小伙子们把舞台都快踏翻了。

这个舞蹈使我至今难忘。它叫我懂得了民间情感就是大自然的情感。一下子我找到了民间传统的灵魂——用我们的话说，就是——天人合一。

由于我想到了这个舞蹈，想到那一次的所思所想，我就更加理解今天在这里见到的一切。然而，可贵的是，他们把民间传统之魂——天人合一，一直守护到今天。而我们早把大自然当作自己的对手了！这个对手被我们一次次征服，打得一败涂地，以致处处可以看到它遍体鳞伤的悲惨景象！

唉，不再说我们自己了。

这里的风景是温和的。

虽然阿尔卑斯山也有奇峰深谷、危崖绝壁，但它来到萨尔茨堡之后，就很快地化为一片音乐般起伏不已的丘陵了。

舒展、温和、朴实无华，如同童话里的画面。出没于这里的动物很少有猛禽与恶兽。最常见的是小角的鹿、羚羊、野兔和一种黑羽红腮的山鸡。然后是大片大片的草场、森林、篱笆与挂满鲜花的木楼。

大地是静态的，在大地上行走的是一片一片银灰色的云影。

没错！这里风景没有野性。它有人为的东西，但绝不是今天或昨天制造的，而是千百年来一代代山民和乡人与大自然相处的结果。人们从大自然里取得自然的美，同时把自己理想的美融合进去，最终才创造了天人合一的最高境界——和谐。

把大自然与人融为一体的是音乐与歌。所以，每当我听到阿尔卑斯山山民在歌声中那种“哎嘿——哟”的呼叫，我立刻会感到耀眼的雪山和开阔的山谷就在眼前，清新的山风还无限快意地扑在我的脸上。

在这些山民家中，常常可以看到一种很特殊的装饰，就是门琴。这种花瓶状的彩绘的门琴，是挂在门后的。它有五根可以用旋钮调节的琴弦，五个用丝线吊着的小木球。每当客人来了，进来关门，门琴上的一排小球会顺势飘飞而起，再落下来，小木球敲打琴弦，发出一阵轻柔和美妙的弦音。这声音可以放进很多内容。当主人回到家，门琴的声音抒发着家庭的温馨与愉悦；当客人来串门，门琴的声音便表达一种快乐的欢迎。我想，世界上大概只有阿尔卑斯山的山民，把声音的美看得如此重要，任何地方、任何时间都需要它。像自己心爱的人儿。

山民的木楼中，最常见的图案是——心。有时用木头雕刻一个心，镶在门中间，表示这里是他们心爱的家；有时在木板窗上挖一个“心”形的洞，表示要用心去看世界。在圣吉尔根一家乡村风味的小餐馆吃饭时，老板听说我们来自中国，便把每一份菜做成一幅冒着香味的彩色图画，并告诉我们，他们是用心做的。

他们为什么把心看得这么重要？

在路边的花田里，还可以看到一块牌子插在那里，上边写着：“带几枝花给你爱的人吧！”路人看到了，会停车下来，采几枝可意的花带走，并随手放几个硬币在牌子旁边。

他带去的不是花，而是这块土地芳香的爱心。

一次，去往圣吉尔根的路上，我的朋友库尔伯先生忽然指着车窗外很激动地说：“你看，世界上有哪个国家的村庄，会在他们的标志牌上放满了鲜花——只有我们！”

由此我注意到，我途经每一个村口的标志牌下边一定都有一个长长的木头花盆，里边栽满了艳丽和盛开的花。

库尔伯是圣吉尔根人，他说这话的时候很自豪。他为他们的土地，为他们的大自然与人文而骄傲。但为了今天的骄傲，他们一代代的先人付出了多少努力！而今天他们所做的努力，将会化为后人永远的骄傲！

今日布拉格

布拉格对我的诱惑，除去德沃夏克、卡夫卡、昆德拉，以及波希米亚人，还有便是歌德的那句话："布拉格是欧洲最美丽的城市。"歌德这句话是两百年前说的，那么今天的布拉格呢？在捷克做过文化参赞的诗人孙书柱对我说："你不去布拉格会终身遗憾。"

经历了二十世纪两次世界大战和非同寻常的社会风暴之后，布拉格会是什么样子？我想起二十世纪九十年代初一个黄昏进入东柏林时那种黑乎乎、空洞和贫瘠的感受。于是，我几乎是带着猜疑，而非文化朝圣的心情进入了捷克的边境。

三天后，我在布拉格老城区一家古老的饭店喝着又浓又香的加蒜末的捷克肚汤时，手机忽然响了，是孙书柱。他说："感觉怎么样？"我情不自禁地答道："我感到震撼！"我听到自己的声音很响亮。

布拉格散布在七个山丘上，很像罗马。特别是站在王宫外的阳台上放目纵览，一定会为它浩瀚的气概与瑰丽的景象惊叹不已。首先是城市的颜色。布拉格所有的屋顶几乎全是朱红色的，他们使用的是一种叫石榴石的矿物质颜料，鲜明又沉静，而墙体的颜色大多是一种象牙黄色。在奥匈帝国时代，捷克属于帝国领土的一部分，哈布斯堡王朝把一种“象牙黄”视为高贵的颜色，并向民间普及。于是这红顶黄墙与浓绿的树色连成一片。百余座教堂与古堡千奇百怪地耸立其间。这便是在世界上任何地方都见不到的城市景观。

然而捷克之美，更在于它经得住推敲。

在捷克西部温泉城卡洛维发利，我在那条沿河向上的老街上缓缓步行，一边打量着两边的建筑。我很惊讶。没有任何两座建筑的式样是相同的。它们像个性很强的女人，个个都目中无人地站在街头，展示自己。其实，这不正是波希米亚人不尚重复的性格？

在布拉格更是这样。只有在二十世纪五六十年代建造的那些宿舍楼，才彼此一个模样，没有任何美感与装饰。从中我发现，它们竟然和我们同时代的建筑“如出一炉”，这倒十分耐人寻味！

而布拉格的城市建筑真正的文化意义，是它保存着从中世纪以来，包括罗马式、哥特式、巴洛克式、青年艺术风格等各个不同时期的建筑作品。站在老城广场上，挤在上千惊讶地张着嘴东张西望的游客中间，我忽然明白，当年歌德看到的，我们都看到了。但跟着一个问题冒出来：它是如何躲过上个世纪[①]的剧烈的政治风暴的冲击？甭说民居墙面上千奇百怪的花饰，单是查理大桥上那些来自

① 二十世纪。

宗教与神话的巨大的雕塑早该被“砸得稀巴烂了”！

一个城市的历史总是层层叠叠深藏在老街深巷里。布拉格这些深巷常常使游人迷路。据说卡夫卡知道这每一座不知名的老屋里的故事。他的朋友们常常看见他在这些街头巷尾或哪个门洞里一晃而过。

老街至今还是用石块铺的路。几百年过去的时光从上面辗过，一代代人用脚掌雕塑着它们。细瞧上去，很像一张张面孔，有的含混不明，有的凄苦地笑，有的深深刻着一道裂痕。街上的门都很小，然而门内都有一个小小的罗马式回廊环绕的院子，只有正午时分，阳光才会直下。站在这样的院子里就会明白，为什么卡夫卡把它称作“阳光的痰盂”。

生活在这样世界里的布拉格人，并不因此愁闷与阴郁。他们天性热爱个人的生活，专注于家庭，还有传统。他们对啤酒有天生的嗜好，一如法国人钟爱葡萄酒。每年一个捷克人平均喝掉一百五十升啤酒。而他们对音乐的热爱不亚于奥地利人。连惹起祸端而招致苏联军队把坦克开进城中的“布拉格之春”，也是音乐带来的麻烦。但即使在那个非常的年代，人们去听音乐会，也照旧会盛装打扮，这样的人民会去把建筑上的艺术捣毁吗？

我则认为，我们的文化遗产所遭受的最大的破坏还是“文革”。“文革”之前，老房上那些砖雕石雕，谁会动手去砸，我们只是把它作为“无用的历史”弃置一旁。布拉格最著名的圣维特大教堂在二十世纪五六十年代，被当作工厂使用，就像天津的广东会馆。但是“文革”不仅仅举国如狂地毁灭自己的文化遗产，更严重的是对自己文化的轻视与蔑视。蔑视自己的文化比没有文化还可怕。而这种自我的文化轻蔑在功名利禄迷惑人心的当代便恶性地发酵了。于是，我便转而专注于今天的布拉格人怎样重新对待自己的文化遗产。

他们正在全面整理和精心打扮自己的城市。从外观上，将这些至少失修了半个世纪的建筑，一座座地从岁月的污垢中清理出来。同时将具有现代科技含量的生活硬件注入进去。他们在修整这些地面上最大的古物时，精心保护每一个有重要价值的细节。由于他们没有经过那种“涤荡一切污泥浊水”的“大革文化命”的年代，所以历史遗存极其丰厚。连各种店铺的商家也都把这些遗产引以为豪，并且印成资料与画片，赠送给客人。不像我们胡乱地扫荡之后，待要发展旅游，已经空无一物，只能靠着造假古董和编故事（俗称编段子），将历史浅薄化、趣味化、庸俗化。

从老城广场到查理桥必须经过一条历史名街——皇帝街。这条长长的窄街弯弯曲曲，顺坡而下。街两旁五彩缤纷地挤满各色小店，咖啡店、酒吧、食品店、小旅店，形形色色的小商店里经营的大都是本地的特产，如提线木偶、草编人物、民间土布，以及闻名天下的玻璃器具。最小的店铺大约只有四五平方米，却都是有声有色、有滋有味，故而皇帝街是布拉格人气最旺的一条步行街。

据说十年前，有人想从美国引资对这条街进行改造，将石块铺成的路面改为平整的柏油路，两边的商店扩宽重建。这引起很大争议。经居民投票民主表决，结果还是顺从当地人民的意见——皇帝街保持历史的原貌!

东欧国家经过九十年的巨变，几乎碰到同样一个问题：怎样对待自己的城市。从俄罗斯的圣彼得堡、德国的柏林和魏玛、匈牙利的布达佩斯，直到捷克的古城，我看到了一种共同的态度——正像我在柏林拜访过一个负责修整历史街区的组织的名字——“小心翼翼地修改城市”。那就是用心珍惜历史遗产，全力呵护文化财富，一切为了未来。

细雨品京都

牛毛细雨绵绵密密洒落京都。这向来宁静的千年古都，多了雨声，只有雨声。偶有风来，吹飞雨点，在光亮的地方闪烁地飘舞。伞儿必须迎风撑着遮雨。日本人身小，伞儿也小，雨点儿透过我的衣服，凉滋滋贴在皮肤上，给游览古迹带来诸多不便。糟糕……可是，一仰头，重峦叠翠，烟雾空蒙，清水寺的山门宝塔就立在这之间。日本的塔尖，修长似剑，在细雨霏霏中更显峭拔之势。此时，隔过山谷，飘起一缕轻岚，在空谷中白纱一般地游动，使人想起喜多郎的声音。这缕轻岚，正好从山那边耸立的一座橘色琉璃佛塔前飞过，佛塔一点点模糊又一点点清晰出来，烟岚飞去，塔身竟像给拭过那样洁净光亮……其实这是雨水的反光。在金阁寺里我发现，那雨中镀金的金阁反比阳光下的金阁更加夺目，景象真是奇异。还有花草松竹，给雨水一洗，更艳更鲜更亮更香，而花味草味松味竹味，似乎也更加清新醉人。是来自苍天的雨激发出大地万物的生命气息吗？

金阁寺一株六百年的古松，被园林艺人修剪成船的形状，名为“松之舟”。当年列岛上一无所有，最早的一切都是渡海从朝鲜和中国学来的，船就成了日本人的崇拜物。如今它所有松针都挂满雨珠，珠光宝气，倒像一只珍珠船……我想到去年来此，秋叶正红，一些精美娇艳的红叶落在这松船上，我还对同行的一位日本朋友说，应该叫“枫之舟”。如果冬日里它落满厚厚的一船白雪呢？日本大画家的名字“雪舟”两字，忽然冒了出来……

最美的景色，便在任何时候都是美的，无论仲春或残秋。好似一个女人，无论青春年少还是银丝满头，她都美。真正的美是一种气质。那么——

京都的气质呢？

这座至今整整有一千二百年历史的昔日都城，从皇室故宫、豪门巨宅到庙宇寺观，举目皆是。国宝文物，低头可见。如果导游向你介绍这些古迹古物的由来与传说——他手指的地方，几乎每移动一尺，就能讲出长长的一个故事。但死去的时光并不能吸引我。使我着迷的，分明是一种活着的、长命的、深切的东西，渐渐感到了，它是什么呢？

走出大云山龙安寺，穿过夹在竹栏间的砂石小径，低头钻过低垂下来的湿淋淋的繁枝密叶。陪同我们的朝日新闻社的村濑聪先生和町田智子女士，引我们走入一处庭院。临池倚树的是一间精雅的房舍。我们坐在清洁的榻榻米上，吃这家小店特有的煮豆腐，享受着传统生活的滋味。窗扇半开半闭，可见院中怪石修竹、野草闲花，以及它们在池中的倒影。一只巴掌大的花蝶，一直在窗外的花丛上嬉舞，时飞时憩，亦不飞去，好像经过训练，点染风光，以使游人体味到千百年前京都贵族高雅悠闲的生活意趣。日本人对自己的历史尊崇备至，砂锅煮豆腐如今改用电炉加热，电门却放在暗处，好让游人的全部身心全都沉湎于历史中。这样我就找到京都的魅力了吗?

近黄昏时，町田智子问我：“你们想到什么地方用餐？”

“当然是日本馆。中国餐可以回国后天天吃。希望是地道的京都小馆。”

撑着伞走进一条湿漉漉的老街。掀开日本式的半截的土布门帘，进了一家小馆。这种日本民间小馆，一切风习依旧，愈小愈土，愈土愈雅。从文化的眼光看，愈土才愈富有文化的原生态和文化的意味。

进门照例是脱鞋，穿过纸糊的方格隔扇，一屈腿坐在清凉光滑的竹席上。跟着是穿和服的妇女端上陶瓷和大漆的餐具，放在矮腿的小台桌上。但这一切不是旅游性质的仿古表演，不是假模假样的旧习俗的演示，而是千百年来传衍至今的不变的过去。

中国菜讲究“色、香、味”，日本菜讲究“色、形、味”。变了一个形字，日本饮食文化的特征就出来了。墨色的漆盘放一片菱形的鲈鱼片，嫩白的鱼肉上斜摆两根纤细的紫菜，上边再点缀一朵金黄色小小的菊花。日本人真是不折不扣传承自己先人留下的美。那床棚处，依照传统方式，下角摆一个“清水烧”的陶瓶，瓶中插一朵饱满的棠棣花，再撇出几根风船葛，中间竖着一根轻柔的白荻。也人工，也自然。日本的插花是把精巧的人工和充满生机的大自然融成一体。床棚正面的板壁上，垂挂一幅书法，只一个“花”

字，淡墨湿笔，字形松散，笔迹模糊，带着花的温情与清雅，也引起人对花的联想。中国艺术的“空白”以及佛教的顿悟——都叫日本人“拿来”了。

妻子同昭忽有所感，对我说：“雨天里，在这种地方倒蛮有味道。”

町田智子好像被这话启发出什么来，眸子一亮，点点头。

我不禁扭头望望窗外。小小院落，木墙石地，都因雨水而颜色深重。一束青竹，高低参错，疏密有致，细雨淋上，沙沙作响。仔细听——雨打在竹叶上的声音轻，在叶子上积水而滴落的声音重。前者连绵不断，后者似有节奏，好像乐器在协奏。大自然是超时间的，它这声音把历史拉回到眼前，并把墙上书法的境界、瓶中插花的幽雅、桌上和式饭食独有的滋味，还有这说不出年龄的老店的历史感，融为一体，令我莫名地感动起来。我知道，是这列岛上积淀了千年文化的精灵感染了我……带着这感受饭后在老街上走一走，那沿街小楼黝黑而耗尽油水的墙板，那磨得又圆又光的井沿，那千百年被踏得发光的石板路面，以及一盏一盏亮起来、写着黑字的红灯笼……仿佛全都活了，焕发出古老的韵味，以及遥远又醇厚的诗意。这意味和气息是从历史升华出来的。只要你感受到它，过后你可能忘却这些旧街老巷名胜古迹的具体细节与来龙去脉，但会牢牢记住这种气息与滋味。

因为，文化不只是知识，它是人创造的精灵。

第七章

文化有情

我是一个历史和时代的亲历者、参与者和纪录者。在这个时代和社会发生巨大转型的时候，我投入了文学。当文化发生转型的时候，我投身到文化。

春节是怀旧的日子

在我们把春节的由来、内涵、习俗、意义都说过说透之后，忽然发现还忘了说——春节是一种特定的情感。

在所有春运的运载车辆上，那些挤成一团、千辛万苦的人，没有一个知难而退，全都坚定地渴望着去实现一种情感的目标：回家。急渴渴地扑到家，一推开门，即刻融化到自己生命源头的温暖里。

那里有你的父母，甚至爷爷奶奶，守家在地干活营生的兄弟姐妹，他们全朝你喜笑颜开；还有那些分外亲切的老桌子老柜子老东西老景象，以及唯有你的老巢才有的那股子勾魂摄魄的气味。

跟着，与你的巢紧紧相连的纷沓而至：至爱亲朋、旧交老友、昔时伙伴、左邻右舍，还有老街老巷、乡土风物与小吃。可能你离家太久，或在外边打拼多年，渐行渐远的往事已经滑到记忆边缘，但此时此刻偶然碰到一个什么细节，会把沉睡在你心中深处的故旧一下子拽到跟前。记得一次在街头碰到一位阔别了至少三十年的中学同学，那一瞬忘了他的名字，却脱口叫出他的外号“大牙”——

他的门牙又长又大，而且往外龇。那时同学们给他起了个外号叫“大牙”，谁料到此刻这个外号仿佛有种神奇之力，把我们热乎乎地拉回到真率无邪、亲密无间的少年时代。我们开始问对方、说自己、谈现在、聊过去；说到当年的同班同学时，也多是外号，惹起我们阵阵大笑。就这样站在街头长谈竟有一个小时。

从中，你会感慨人生的急促，时光的无情，生命的无奈，同时又获得唯有回家过年才有的满足。然而一年里只有这些天，可以实实在在触摸到昨天与前天，仿佛进了奇妙无穷的时光隧道，还会让人情不自禁地往里钻。

虽然过年，我们是辞旧迎新，迎着春天往前走，但我们享受到的更多的情感却是怀旧。

春节里一种特定的情感是怀旧。春节是个怀旧的节日。

怀旧，是对过往生活的一种留恋，一种对记忆的追溯与享受，一种对人生落花的捡拾。

每个人的心底都有怀旧的需求，春节的回家过年则是满足所有人这种情感需要，为此春运才有如此磅礴的力量。由故土、血缘、乡情汇集而成的巨大的磁场，布满在大地山川每个城市与村庄。这磁场产生的效力与魅力既是感情的力量，也是文化的力量。

民俗是缘自共同需求而共同认定的方式。需求是精神的、情感的、心理的，而方式是一种文化。当这共同的需求“约定俗成”了，所有人就会遵从这种民俗方式而行动，比如回家过年。民俗不是强迫的，却是自愿的和自律的。它是一种共同需要和共同表达，同时每个人的精神情感都可以充分发挥。这样，春节才成了我们的必需。

由此而言，我们所有民俗节日都是情感的表达，所表达的情感各有不同。清明是对先人的怀念，端午则是张扬生活的激情，七夕是表达男女对爱的忠贞不渝。其中，不少节日都与团圆，即家庭和血缘的亲情相关，比如中秋。但中秋与春节还有所不同，中秋不强调“回家”，不会有出现交通拥堵的“秋运”。唯有春节才是中国人集体怀旧的日子。因为在节令中，春节是辞别旧岁。在辞旧中必然引发怀旧。

这样，我们便通过千百年来人们集体创造并衍传至今的一系列民俗方式，如团圆饭和拜年等，把心中的亲情、乡情、怀旧之情尽情地表达与宣泄。由此，家庭得到一次凝聚，故乡的热土得到一次升温。其实这就是文化赋予中华民族五千年来生生不息的凝聚力。

每一个身在异乡回家过年的人，在度过了春节之后，内心不都感受到补偿了对亲人一种长时间的亏欠，并在情感上得到深切的满足吗？

所以说春节是中国人怀旧的日子。

胡同，城市人文的根须

由高空俯望城市会有一种奇异又优美的发现，在稠密又拥挤的城市里，布满着粗细弯曲、发散状的街巷。粗的是街道，细的是里巷和胡同。其形其状，宛如大树的根须。粗的根脉清晰地穿梭在城市里，细的根须蜿蜒地扎入人们的生活深处。

最早胡同的出现，大约与人的群聚而居有关。人们居住在一起，必须留出进出的通道，胡同便自然出现。而街道的出现大约与商业有关。买卖总是放在大家行走的地方，街道也就渐渐形成。因而说，街道是社会性的，胡同是生活性的。

人的日常生活、起居的习惯、个人的方式全在这胡同里；还有人生的经过，包括婚丧嫁娶、生老病死也都在胡同里；有的人在里边要过上半生乃至一生。胡同是一种古老的社区，别看胡同口没有门，无关的人轻易是不会走进去的，因而胡同里边住着谁，有怎样的一些家庭，外边的人一概不知，但胡同里的老邻居们彼此心知肚明。一个城市的大事情发生在街头，但这些大事情的主人公却往往住在某一条胡同里。因此说，胡同是城市最隐秘的地方，是最深的生活肌理，是最长最韧的人生根须，因而也是城市最丰富、最深刻的记忆。

如果没有这些胡同，城市失去的不仅是记忆，更是它的生命的丰富和厚重。然而，在当代城市的再造中，大量的胡同随同历史街区的推平而消失。城市的人文肌理一旦被抻平，就会变得漂亮又浅薄，宛如失忆者那样呆头呆脑。记得2000年天津改造估衣街时，要拆掉许多街区和里巷，这个地区的历史是比天津老城还要悠久的城市板块。我曾请一些朋友去做那里原住民的口述史，试图留下这个津城最古老区域珍贵的记忆，但我们的行动赶不上铲车的速度。当街区荡平，胡同消匿，原住民如群鸟一哄而散，无影无踪，如今站在那里怎么可能再感受到六七百年的历史沧桑与城市漫长的历程？怎么可能再听到那些老街老巷里活的历史？

上述这些想法应是编写本书的缘起。所幸的是，本书的作者多是昔时老胡同生活的目击者，甚至亲历者，运笔行文，带着感受，便分外生动。他们所写，有的是往日的民间传说，有的则是个人的耳闻目见。如果不写下来，日久便会消散或遗忘。口头记忆是靠不住的，最可靠的方式是将其写下来，转化为文字。特别是书中不少故事的载体——老胡同，在城改中早已经消失得无影无踪了，这本书便为我们城市文化保留下一份无形的财富。

津门胡同到底有多少，有人说数百，有人说几千，但无人能说清楚。数不清的胡同使这座城市庞博而深厚。胡同的形状千姿百态，里边的情味各不相同。虽然全有名称，有的却始终大隐于市而无人知晓，有的一度声名大噪而世人皆知；有的因人而贵，有的因事而奇；有的神秘，有的透亮，有的诡异，有的诱惑，众口相传，化为神奇。20世纪80年代，天津民间文学普查时，不少美妙的民间传说都来自胡同。

从城市文化角度来看，胡同是个故事篓子，是众生相的数据库，是城市的人文老根。

因此说，这是一本生动又厚重的地域文化的好书，而今天作为“贺岁书”出现在我们眼前。在这个充满情感气息的传统的佳节中，它一定会给我们带来很深挚的精神回味和温馨的文化满足。

最后要说的是这本贺岁书。

自2004年津门六百岁之日，《今晚报》邀我参加他们编写的贺岁书。由是而今，六年六册，中无断歇。所选题材，皆是津门故里乡土风俗，以抒乡情；版本形式采用图文形式，以娱大众；连封面也一律采用鲜艳的大红色，以求火爆，强化年味。而且，每年还要在正月初六之日，邀请图书作者集体为读者签名，渲染城市的年的气息，用心可谓良苦。

中国电影有贺岁片，唯津门图书有贺岁书。这也是一种文化创造，或称新的“年文化”，为的是过一个“文化年”。

愿这种为城市文化所做的好事长久地继续下去。

守岁

一种昔时的年俗正在渐渐离开我们，就是守岁。

守岁是老一代人记忆最深刻的年俗之一，如今发生了变化——特别是城市人，最多是等到子午交时之际给亲朋好友打个电话发个短信拜个年，然后上床入睡，完全没有守岁那种意愿、那种情怀、那种执着。

我已不记得自己哪年开始不再守岁了，却深刻记得守岁那时独有的感觉。每到腊月底就兴奋地叫着今年非要熬个通宵，一夜不睡。好像要做一件什么大事。父母笑呵呵说好啊，只要你自己不睡着就行，绝没人强叫你睡。

记得守岁的前半夜我总是斗志昂扬，充满信心。一是大脑亢奋，一是除夕的节目多：又要祭祖拜天地，又要全家吃长长的年夜饭，最关键的还是午夜时那一场有如万炮轰天的普天同庆的烟花爆竹。尽管二踢脚、雷子鞭、盒子炮大人们是绝不叫我放的，但最后一个烟花——金寿星顶上的药捻儿，却一定由我勇敢地上去点燃。火光闪烁中父母年轻的笑脸我现在还清晰地记得。

待到燃放鞭炮的高潮过后，才算真正进入了守岁的攻坚阶段。大人们通常是聊天、打牌、吃零食，过一阵子给供桌换一束香。这时时间就像牛皮筋一样拉得愈来愈长了，瞌睡虫开始在脑袋喷洒烟雾。

无事可做加重了困倦感，大人们便对我说笑道：可千万不能睡呀。

我一边嘴硬，一边悄悄跑到卫生间用凉水洗脸，甚至独出心裁地把肥皂水弄到眼睛里去。大人们说，用火柴棍儿把眼皮支起来吧。

年年的守岁我都不知道怎么结束的。但睁眼醒来一定是在床上，睡在暖暖的被窝里，枕边放着一个小小的装着压岁钱的红纸包，还有一个通红、锃亮、香喷喷的大苹果。这寓示平安的红苹果是大人年夜里一准要摆在我枕边上的，让我能一睁眼就看到平安。

我承认，在我的童年里，年年都是守岁的失败者，从来没有一次从长夜守到天明。

故而初一见到大人时，总不免有些尴尬，尤其是想到头一天信誓旦旦要“今夜绝不睡”之类的话。当然，我也会留意大人们的样子。令我惊奇的是：他们怎么就能熬过那漫长一夜？

其实很简单，因为他们知道为什么守岁。可是守岁的道理并不简单。

后来我对守岁的理解，缘自一个词——“辞旧迎新”。而首先是“辞”字。

辞，是分手时打声招呼。

和谁打招呼，难道是对即将离去的一年吗？

古人对这一年缘何像对待一位友人？

这一年仅仅是一段不再有用的时间吗？那么新的一年大把大把可供使用的时间又是谁赐予我们的？是天地，是命运，还是生命本身？任何有生命的事物不都是首先拥有时间吗？

可是，时间是种奇妙的东西。你什么也不做，它也在走；而且它过往不复，无法停住，所以古人说“黄金易得，韶光难留”。也许我们平时不曾感受时间的意义，但在这旧的一年将尽的、愈来愈少的时间里——也就是坐在这儿守岁的时刻里，却十分具体又真切地感受到时光的有限与匆匆。它在一寸一寸地减少。在过去一岁中，不管幸运与不幸，不管“喜从天降”还是留下无奈、委屈与错失——它们都已成为我们生命的一部分。在它即将离我们而去时，我们便有些依依不舍。所以古人要“守”着它。

守岁其实是看守住属于自己的时间与生命，表达着我们的生命情感。

然而，守岁这一夜非比寻常。它是“一夜连两岁，五更分二年”。因而，我们的古人便是一边辞旧，一边迎新。以“辞”告别旧岁，以“迎”笑容满面地迎接生命新的一段时光的到来。新的一年是未知的，不免小心翼翼。古人过年要通宵点灯，为了不叫邪气暗中袭入，还在年画所有的形象上都画上笑眼笑口，以寓吉祥。由于对未来有这种盛情，所以正月初一破晓“迎财神”的鞭炮更加欢腾。

于是，我们的年俗就这样完成了岁月的转换，以“辞”和“迎”表达对生命的敬畏，以长长的守夜与天地一年一度地“天人合一”。

我们和洋人的文化真有些不同。洋人对新年只有狂欢，我们的心理似乎复杂得多，其情其意也深切得多。可是我们正在一点点离开这些。

这到底是因为农耕文明离我们愈来愈远，还是人类愈来愈强势，以至于无须在乎大自然了？

守岁渐行渐远。当然，我们不必为守岁而勉强守岁。民俗是一种集体的心愿，没有强迫。只盼我们守着这点对大自然和生命的敬畏吧。

灵魂的巢

对于一些作家，故乡只属于自己的童年。它是自己生命的巢，生命在那里诞生，一旦长大后羽毛丰满，它就远走高飞。但我却不然，我从来没有离开过自己的家乡。我太熟悉一次次从天南海北，甚至远涉重洋旅行归来而返回故土的那种感觉了。只要在高速路上看到“天津”的路牌，或者听到航空小姐说出它的名字，心中便充溢着一种踏实、一种温情、一种彻底的放松。

我喜欢在夜间回家，远远看到家中亮着灯的窗子，一点点愈来愈近。一次一位生活杂志的记者要我为“家庭”下一个定义。我马上想到这个亮灯的窗子，柔和的光从纱帘中透出，静谧而安详。我不禁说：“家庭是世界上唯一可以不设防的地方。”

我的故乡给了我的一切。

父母、家庭、孩子、知己和人间不能忘怀的种种情谊。我的一切都是从这里开始。无论是咿咿呀呀地学话还是一部部十数万字或数十万字的作品的写作，无论是梦幻般的初恋还是步入茫茫如大海的社会。当然，它也给我人生的另一面，那便是挫折、穷困、冷遇与折磨，以及意外的灾难，比如抄家和大地震，都像利斧一样，至今在我心底留下了永难平复的伤痕。我在这个城市里搬过至少十次家。有时真的像老鼠那样被人一边喊打一边轰赶。我还有过一次非常短暂的神经错乱，但若有神助一般地被不可思议地纠正回来。在很多年的生活中，我都把多一角钱肉馅的晚饭当作美餐，把那些帮我说几句好话的人认作贵人。然而，就是在这样的困境中，我触到了人生的真谛。从中掂出种种情义的分量，也看透了某些脸后边的另一张脸。我们总说生活不会亏待人。那是说当生活把无边的严寒铺盖在你身上时，一定还会给你一根火柴。就看你识不识货，是否能够把它擦着，烘暖和照亮自己的心。

写到这里，很担心我把命运和生活强加给自己的那些不幸，错怪是故乡给我的。我明白，在那个灾难没有死角的时代，即使我生活在任何城市，都同样会经受这一切。因为我相信阿·托尔斯泰那句话，在我们拿起笔之前，一定要在火里烧三次，血水里泡三次，碱水里煮三次。只有到了人间的底层才会懂得，唯生活解释的概念才是最可信的。

然而，不管生活是怎样的滋味，当它消逝之后，全部都悄无声息地留在这城市中了。因为我的许多温情的故事是裹在海河的风里的，我挨批挨斗就在五大道上。一处街角、一个桥头、一株弯曲的老树，都会唤醒我的记忆，使我陡然“看见”昨日的影像，它常常叫我骄傲地感觉到自己拥有那么丰富又深厚的人生。而我的人生全装在这个巨大的城市里。

更何况，这城市的数百万人，还有我们无数的先辈，也都把他们的人生故事书写在这座城市中了。一座城市怎么会有如此庞博的承载与记忆？别忘了——城市还有它自身非凡的经历与遭遇呢！

最使我痴迷的还是它的性格。这性格一半外化在它的形态上，一半潜在它地域的气质里。这后一半好像不容易看见，它深刻地存在于此地人的共性中。城市的个性是当地的人一代代无意中塑造出来的。可是，城市的性格一旦形成，就会反过来同化这个城市的每一个人。我身上有哪些东西来自这个城市的文化，孰好孰坏？优根劣根？我说不好。我却感到我和这个城市的人们浑然一体，我和他们气息相投，相互心领神会，有时甚至不需要语言交流。我相信，对于自己的家乡就像对你真爱的人，一定不只是爱它的优点。或者说，当你连它的缺点都觉得可爱时——它才是你真爱的人，才是你的故乡。

一次，在法国，我和妻子南下去到马赛。中国驻马赛的领事对我说，这儿有位姓屈的先生，是天津人，听说我来了，非要开车带我到处跑一跑。待与屈先生一见，情不自禁说出两三句天津话，顿时一股子唯津门才有的热烈与义气劲儿扑入心头。屈先生一踩油门，便从普罗旺斯一直跑到西班牙的巴塞罗那。一路上，说的尽是家乡的新闻与旧闻、奇人趣事，直说得浑身热辣辣，五体流畅，上千公里的漫长的路竟全然不觉。到底是什么东西使我们如此亲热与忘情？

家乡把它怀抱里的每个人都养育成自己的儿子。它哺育我的不仅是海河蔚蓝色的水和亮晶晶的小站稻米，更是它斑斓又独异的文化。它把我们改造为同一的文化血型，它精神的因子已经注入我的血液中。这也是我特别在乎它的历史遗存、城市形态乃至每一座具有纪念意义的建筑的缘故。我把它们看作是它精神与性格之所在，而绝不仅仅是使用价值。

我知道，人的命运一半在自己手里，一半还得听天由命。今后我是否还一直生活在这里尚不得知。但我无论到哪里，我都是天津人。不仅因为天津是我的出生地——它绝不只是我生命的巢，而是灵魂的巢。

文化眼光

文化是一种无形的存在。有人能看到，有人看不到，这就需要文化眼光。何谓文化眼光：这要先弄清何谓文化。

文化一词多义，大致有三：一是把它视为一种教育状况或知识程度，比方说某人“有文化或没文化”“文化高或文化低”；二是作为一种考古用语，如仰韶文化；三是人类所创造的总财富，主要指精神财富。

长久以来，对文化的普遍解释多是第一种，很少有人把人类生活视为一种文化。可以说，文化一直在狭义中存在。

其实，只要用文化眼光来看，文化便无所不在，对事物也会产生新的认识与发现。比如对于酒，用先前那种非文化的眼光来看，不过是一种佐餐助兴的饮料而已；倘若换个文化眼光来看，则必然还要关注酒的历史、酒的制造、酒的储藏、饮酒方式、酒器酒具……那就会发现还有一个比酒的本身大得多的酒文化。如果再进一步，我们用这样的眼光来看生活的一切，才会真正感受到中华文化的博大、丰实与深邃。

然而，生活文化以两种状态存在着：一是活着的状态，一是历史的状态。当一种特殊的生活方式被时代淘汰了，消失了，它的精神便转移到曾经共存的物品上和环境中。这样，器物与环境便发生了质变，在“活着”的时候，它们是实用性的生活物品与生活环境；进入“历史”之后，就变成纯精神的文化物品与人文环境了。这变化其实是人们的一种认识，也就是人们用文化眼光看出来的。

文化眼光不是一般目光，它必须具有文化意识和文化素养。一般人没有这种眼光。所以，当这些环境与器物由“活着的状态”转变为“历史的状态”时，常常被当作无用的东西丢弃了。

一个相反的例子，能够做最好的说明：当柏林墙将拆除时，世界上许多博物馆都派人跑到德国，去购那些墙体碎块。出价之高惊骇一时。他们几乎在同一时间觉悟到，这座被时代淘汰的墙恰恰是一种过往不复的珍贵的历史象征。德国政府被惊动了，于是决定那一段尚未拆除的柏林墙不拆了，保护起来，永世珍存。

这种眼光说明了什么？它说明——有些事物的历史文化价值，必须站在未来才能看到。

那么，文化眼光不只是表现为一种文化素养，一种文化意识，更是一种文化远见和历史远见。

话说中国画

中国画在世界上是独一无二的。这不仅因其历史深厚久远，大师巨匠其众如林，传世名作浩似烟海，更重要的是它异常独特，且具鲜明的民族个性。中华民族独有的宇宙观、哲学观、艺术观、审美观，顽强地表现其间；把其他任何民族的绘画与其放在一起，都迥然不同，立时可见；中国画独放异彩。

中国画自它诞生之日始，就不以追摹自然形态为能事，而把表现物象的精神作为目的。在形与神的关系上，认为“论画以形似，见与儿童邻”（苏轼语），主张“以形写神”（顾恺之语）。哪怕所画的形态在“似与不似之间”（齐白石语），也要把内在的精神表现出来。这就使中国画家的注意力始终投射在事物内在的、深层的、本质的层面上。

唐宋两代，繁盛迷人的社会生活征服了画家，严谨认真写实的画风因之盛行一时，但捕捉物象精神仍是绘画的最高追求。同时，一些修养渊深的文人介入绘画，他们强调情感抒发与个性张扬，绘画的精神内涵得到进一步充实与开拓。文人们还主张“诗是无形画，画是有形诗”“书画同源”，这样就把诗的深刻境界与书法的审美品格带入绘画，促使独具魅力的中国画艺术特征的形成。

诗对画的首要影响，是使画家不受自然物象的时空局限，凝练升华，联想自由，去构造更加动人和感人的艺术境界。诗的洗练、隽永、含蓄和韵味，使绘画更注重“虚”的成分，更讲究“空白”的运用，更致力于笔墨的精练与意趣。文学中常见的象征、比喻、夸张、拟人等手法，被带入绘画后，绘画的表现力更大大地增强。这也是明清以来大写意画的主要艺术手法。

书法是中国特有的、纯形式的艺术。在书法中，整体的布局，字的形态与架构，乃至一点一画，无不充溢着形式感；笔的疾缓、刚柔、巧拙、藏露，墨的枯润、饱渴、轻重、浓淡，一方面直抒作者的情感与思绪，一方面传达审美的精神与理想。中国的绘画与书法都使用毛笔，中国画又是以线造型，线条是画面的骨架，书法的笔墨便自然而然地过渡到绘画中来，不仅提高了绘画用笔的技法和能力，也丰富了绘画的笔情墨趣和形式美。尤其是通过苏轼、文同、赵孟頫等人的努力，将书法引入绘画，使元以来绘画的面貌幡然一变，全然改观了。

元朝以来的中国画，还兴起在画面上题写诗文。画面既是绘画作品，也是书法作品，又是可读的文学作品，再加上篆刻印章，所谓“诗、书、画、印”一体，构成中国画独具的形式美。这对画家的修养也有了更高和更全面的要求。画家多是工诗善书、兼精治印的“通才”。

中国画的主要工具材料是纸、笔、墨。最早的中国画大多画在绢上，宋元以来渐渐搬到纸上来。纸的种类很多，大致分为生熟两类：熟宣纸类是用矾水刷过的，不渗水，适于画精整而细致的工笔画；生宣纸吸水性强，不易掌握，但把水墨铺展上去，变幻无穷，故宜于挥洒淋漓多趣的写意画。笔的种类更是不可胜数，粗分可分做三类：一是笔锋刚健的狼毫类；二是锋毛柔软的羊毫类；三是兼用狼毫与羊毫混制而成，笔性刚柔相济的兼毫类。画家根据所要画的物象的形态和质感选择不同的毛笔，往往一幅画要用多种类型的笔。一枝毛笔锋毫的散聚，含水蘸墨的多少，全由画家根据需要控制；使用笔锋的不同部位——中锋、侧锋、逆锋等，效果全然不同。每个画家都有自己习惯的用笔方法，这也是构成画家风格的重要因素。中国画上最主要的颜色是黑色。中国画说“墨分五色”，即用浓淡不同的墨色作画，常常不附加其他颜色，也一样可以表现物象的丰富性。中国画家在用墨上积累了很多经验，有的画家以独到的墨法自成一家。有时，画面加入其他颜色。早期的中国画所用颜色多为矿物质原料，如朱砂、石青、石绿、石黄、赭石、铅粉等，覆盖性强，色彩浓艳，经久不变，故当时中国画多为单线平涂，画面具有强烈的装饰效果；后来，渐多采用植物和矿物颜料，如花青、藤黄、胭脂、朱磦等，能被水溶解，互相调配，色泽接近自然，并能与墨结合，相辅相成，色调典雅。偶有画面，只用颜色，不用墨色，谓之“没骨”。骨即墨色，可见墨在中国画中至关重要、无可替代的位置。可以说，没有墨就没有中国画。

中国画的分类非常繁杂，名称极多。从题材内容上，习惯分为人物、山水、花鸟、楼台、走兽、博古等；从画面笔墨繁简的程度上，分为写意、工笔、大写意、半工半写等；从设色上分为青绿、金碧、浅绛、水墨等；从技法上分为白描、双钩、单线平涂、泼墨等。中国画在画成之后，要经过装裱工序。一经裱褙，绫托锦衬，高贵大方，并具有很强的赏玩性。中国画的装裱十分考究，款式繁多，一般分为卷轴、镜片、扇面、斗方、册页等，卷轴画中又分为中堂、条幅、对屏、通景等。中国画常常把装裱款式上的分类作为第一位的。

现今留下的最早的绘画，是画在山岩峭壁上，距今五千年以上；后来渐渐移到绢素上，成为单纯观赏性的艺术。开头是无名的工匠为之，此后才有专事绘画的画家出现，此时距今也有两千年了。中国绘画历经许多朝代，在历史江河的百转千折中，涌现出无数照耀古今的杰出画家和名重一时的流派。时风的变迁，致使绘画的面貌不断翻新；名家大师们独来独往、各立一帜，又使画坛千姿百态，形成了举世皆知、漫长悠远、异彩纷呈的中国绘画历史。

图书在版编目（CIP）数据

人生滋味 / 冯骥才著. -- 北京 : 北京联合出版公司, 2020.6（2022.8重印）
ISBN 978-7-5596-3853-3

Ⅰ. ①人… Ⅱ. ①冯… Ⅲ. ①散文集 – 中国 – 当代 Ⅳ. ①I267

中国版本图书馆CIP数据核字(2019)第294821号

人生滋味

作　　者：冯骥才
责任编辑：张　萌
封面设计：吉冈雄太郎

北京联合出版公司出版
（北京市西城区德外大街 83 号楼 9 层　100088）
北京时代华语国际传媒股份有限公司发行
唐山富达印务有限公司印刷　新华书店经销
字数180千字　880毫米 × 1230毫米　1/32　9印张
2020年 6 月第1版　2022年8月第4次印刷
ISBN 978-7-5596-3853-3
定价：46.00元